LES FANTASTIQUES

Le collectionneur de monstres

Marcel Marsal

Illustrations de couverture
et d'intérieur :
Vincent Dutrait

MAGNARD JEUNESSE

Collection animée par Jack Chaboud

N° d'éditeur : 2000/075 – Dépôt légal : mars 2000

1

LA PORTE S'OUVRIT brusquement et le vent violent projeta vers nous un tourbillon de flocons de neige. Les trois soldats frottèrent à tour de rôle leurs chaussures sur le seuil de pierre, puis ils saluèrent de la tête grand-père qui s'était levé, sa pipe de bambou coincée entre les lèvres. Engoncés dans leurs parkas, leurs bonnets de fausse fourrure enfoncés jusqu'aux oreilles, ils entrèrent dans la pièce avec une démarche pataude d'ourson, et je me serais mise à rire si je n'avais craint de les vexer. Mais, soudain, une espèce d'angoisse me gagna et, je ne saurais dire pourquoi, j'eus le pressentiment qu'avec eux, c'était l'aventure qui faisait irruption dans ma vie.

Les hommes avaient le visage rougi par le froid et ils s'approchèrent bien vite du kang[1] sur lequel Peï, mon petit frère, était assis. À mesure qu'ils se réchauffaient, ils poussaient des soupirs d'aise, comme s'ils dégelaient progressivement et retrouvaient peu à peu l'usage de la parole. Grand-père se tourna vers moi et dit :

« Ma petite Linh, j'ai l'impression que nos amis ne refuseraient pas une tasse de thé bien chaud. »

Je saisis la bouteille Thermos qui trônait sur la table, tout près de la lettre destinée à papa que je venais de terminer, et leur servis le liquide bouillant qu'ils burent à petites gorgées, de peur de se brûler la langue. Enfin, le plus âgé des trois soldats s'exclama en riant :

« Quel froid ! Moi qui suis né dans le Sud, je sais maintenant pourquoi on répète dans toute la Chine : la province de Hubei, c'est un chaudron l'été et une glacière l'hiver ! »

Grand-père l'approuva mais ajouta aussitôt :

« Dans ma jeunesse, j'ai connu des semaines entières où il était impossible de mettre le nez dehors sous peine de se transformer instantané-

1. Lit de briques qui sert également de foyer.

ment en bloc de glace. À cette époque, on savait encore ce que c'était que d'avoir froid... »

Cher grand-père ! Je le soupçonnais bien d'exagérer un peu, mais en raison du respect dû à son grand âge, aucun des soldats n'aurait osé le contredire. Ils l'écoutaient poliment comme s'il leur révélait des vérités profondes. Il en allait ainsi chaque fois qu'ils faisaient halte chez nous au retour d'une patrouille dans la montagne. C'est que notre petite maison, accrochée à flanc de colline, est distante de deux bons kilomètres du hameau et qu'ils étaient assurés d'y trouver toujours bon accueil.

Et puis, à leurs yeux, grand-père n'était pas n'importe qui ! Il avait à peine seize ans quand il participa à cette épopée dont notre peuple conserve le souvenir sous le nom de Longue Marche[2]. Dès notre plus jeune âge, on nous en apprend les différents épisodes à l'école. C'est alors que j'ai compris pourquoi tout le monde au village lui manifestait tant de considération, bien que nous ne soyons qu'une famille de pauvres paysans. De ces temps anciens, il ne parle jamais, sauf quand des soldats

2. Marche de 12 000 kilomètres effectuée de 1934 à 1936 par les troupes de Mao Tsé-toung pour rejoindre le nord de la Chine malgré le harcèlement des armées nationalistes de Tchang Kaï-chek.

de passage le prient d'évoquer pour eux ses faits d'armes glorieux. Mais bien souvent, alors qu'il vient de les captiver par le récit de tel ou tel exploit, il conclut de manière abrupte :

« Je préfère arrêter là cette histoire. Trop d'hommes sont morts qui étaient mes amis. »

Et je vois ses yeux s'embuer…

Pour moi, son principal mérite, c'est d'être mon grand-père !

Que serions-nous devenus sans lui, Peï et moi, quand maman nous a quittés, voilà deux ans déjà, emportée par une maladie inexpliquée ?

Peut-être pour oublier son chagrin, papa nous expliqua alors qu'il lui fallait chercher du travail, comme tant d'autres, dans les grandes villes. Il est parti un matin, un ballot de linge attaché à un bambou posé sur son épaule. Nous ne l'avons jamais revu, mais il nous écrit souvent et nous envoie parfois un mandat de Shanghai, où il a trouvé un emploi sur un chantier. Dans chacune de ses lettres, il promet qu'il viendra bientôt nous chercher et qu'il nous emmènera dans la grande métropole toute bourdonnante d'activité et si proche de la mer. Cette mer que ni Peï ni moi n'avons jamais vue, mais dont nous rêvons presque chaque jour.

De la vie trépidante de Shanghai, je parlais souvent avec Wei, l'un des soldats qui venaient d'entrer dans la maison. C'était un jeune homme timide, aux petites lunettes rondes et dont ses camarades disaient qu'il aurait pu poursuivre de brillantes études s'il avait été d'une famille plus fortunée. Mais il avait dû s'engager dans l'armée pour assurer la subsistance de sa famille. En présence des autres, il demeurait muet aussi longtemps que personne ne prononçait le nom de Shanghai, sa ville natale. Alors, il devenait tout à coup intarissable, sa voix s'enflait, ses yeux pétillaient de plaisir et nul ne savait plus comment l'interrompre. Je l'écoutais avec d'autant plus d'attention que j'éprouvais le secret sentiment qu'il ne parlait que pour moi seule. Du haut de mes quatorze ans, je voulais me persuader que s'il déployait soudain tant d'éloquence, c'était pour me plaire.

Cependant, aujourd'hui, ils se tenaient là, tous les trois devant nous, sans réussir à dissimuler une sorte de gêne dont je cherchais en vain à deviner la raison. Grand-père éprouvait sans doute la même étrange sensation que moi car il finit par demander, un peu inquiet :

« Eh bien, que se passe-t-il ? Auriez-vous quelque mauvaise nouvelle à nous apprendre ? »

Les hommes contemplaient leurs pieds sans répondre, comme si aucun d'entre eux n'osait s'exprimer le premier. Je fixai Wei droit dans les yeux et il me lança un regard désespéré. Puis il lâcha enfin, d'une voix hésitante :

« Vous n'allez pas nous croire. Mais nous l'avons vu. Ce n'était pas une illusion. Nous sommes d'accord là-dessus. Nous l'avons suivi pendant plusieurs centaines de mètres. Puis il a disparu. Il nous a échappé.

– Mais, enfin, demanda grand-père, de plus en plus intrigué, de qui parlez-vous donc ainsi ? »

Wei interrogea ses deux compagnons du regard, semblant leur demander l'autorisation d'en dire davantage. Enfin, rouge de confusion, il murmura :

« Le Grand Velu[3]. C'était le Grand Velu. Nous en sommes certains ! »

3. Nom donné au yéti par les habitants de la Chine du Sud.

Grand-père partit d'un immense éclat de rire. Il se tenait les côtes et gloussait de plaisir. Sa voix s'emplit d'une ironie mordante :

« Ils ont vu le Grand Velu ! Des soldats de l'Armée nationale populaire ont aperçu le Grand Velu ! Avoir vécu jusqu'à quatre-vingts ans pour entendre proférer une sottise pareille ! L'abominable homme des neiges ! De mon temps déjà, les petits enfants n'y croyaient plus !

« Et voilà trois grands gaillards, trois militaires, des hommes intelligents, des hommes que j'estime, qui viennent me conter pareille sornette ! Êtes-vous sûrs au moins que ça n'était pas un dragon ? Ou alors un dinosaure vivant, comme dans ce film américain que Peï et Linh m'ont emmené voir l'autre après-midi à la séance de cinéma, au village ?

« Mes enfants, faites attention à votre imagination ou vous allez finir par prendre une vache pour un mammouth… »

Je trouvais grand-père bien cruel et bien sévère, et je pensais malgré moi que cela ne lui ressemblait pas.

J'eus pitié de Wei, qui se dandinait d'un pied sur l'autre, visiblement accablé par les moqueries d'un vieil homme qu'il respectait, et je volai à son secours :

« Mais, beaucoup de gens du Hubei affirment avoir aperçu le Grand Velu un jour ou l'autre dans leur existence. »

Grand-père poursuivit, impitoyable :

« Oui, mais ces gens-là sont des sots ou des menteurs, ce qui n'est pas le cas de nos amis ! Alors, c'est mon devoir de leur dire qu'ils se sont trompés. Qu'ont-ils vu ? Je ne sais pas, moi ! Pourquoi pas un ours ou quelque autre animal plus rare dans nos contrées ?

« Pendant la Longue Marche, nous avons parcouru plus de cinq mille kilomètres, souvent dans des régions bien plus reculées et plus sauvages que celle-ci. Nous avons marché de jour comme de nuit, franchi les plus hautes montagnes, traversé les forêts les plus épaisses et jamais personne – personne, vous m'entendez ? – n'a aperçu seulement l'ombre d'un Grand Velu ! »

À ce moment, l'aîné des soldats vint à son tour à la rescousse de Wei et proclama :

« Si Wei avait été seul, tu pourrais l'accuser de

s'être laissé abuser par ses sens. Mais nous avons tous vu la même chose. Pourtant, jusqu'à ce jour, aucun de nous ne croyait à l'existence du Grand Velu.

« Nous nous contentions de sourire et de penser qu'ils avaient bu un petit coup de trop quand certains anciens du village nous affirmaient avoir rencontré un jour l'homme des neiges sur leur chemin. Ils le prétendent si terrifiant et si féroce que nous pensions, de toute façon, qu'ils ne seraient pas sortis vivants de pareille aventure. »

Le troisième soldat se mit lui aussi de la partie et sortit un petit appareil photo d'une poche de sa parka :

« Il s'est enfui si vite et j'étais si stupéfait que je n'ai même pas songé à le photographier. Mais j'ai fixé sur ma pellicule les empreintes qu'il a laissées dans la neige. Des empreintes gigantesques. Plusieurs fois les dimensions d'un pied humain. Nous les avons mesurées : presque trente centimètres de long pour chaque pied ! Quatre orteils énormes et un cinquième plus gros encore, légèrement détaché des autres. »

L'homme ajouta avec un air de triomphe :

« Et qu'on ne vienne pas nous dire qu'il s'agissait d'un grand animal poilu ! Aucune bête au monde, aucun ours, aucun singe, ne se déplace longtemps sur ses seules pattes de derrière. Or, nous avons poursuivi le Grand Velu pendant près de huit cents mètres. Il courait trois fois plus vite que nous, avec des enjambées prodigieuses. Il était à cinquante pas au moins devant nous quand il a été arrêté par une large crevasse, très profonde, dans la neige. »

Grand-père déclara, sarcastique :

« Alors, vous avez crié : tu es cerné, rends-toi ! Le Grand Velu a levé docilement les bras. Et après vérification d'identité, vous l'avez laissé repartir… »

Les hommes n'ébauchèrent même pas un sourire. Ils paraissaient sincèrement désolés de constater que rien ne pouvait entamer le scepticisme de grand-père.

Voyant que je ne partageais pas ses doutes, Wei se tourna vers moi et assura :

« Il était immense ! Plus de deux mètres de haut ! Avec un torse énorme et tout couvert de longs poils roux. Nous étions trop loin pour distinguer vraiment les traits de son visage. Quand il a compris qu'il n'avait plus d'autre issue, il a sauté par-dessus la crevasse. Un bond incroyable qui lui a permis d'arriver de l'autre côté sans encombre. Et puis, il s'est éloigné à toute allure sans même se retourner. »

Avec la candeur de ses dix ans, mon frère Peï, qui avait écouté toute l'histoire avec un intérêt passionné, s'exclama soudain :

« Pourquoi n'avez-vous pas tiré ? Vous avez chacun un fusil. Si vous aviez ramené le corps du Grand Velu, tout le monde vous aurait crus, même grand-père. »

Embarrassé par cette question, Wei baissa la tête et avoua :

« Nous étions à ce point surpris que personne n'a pensé à se servir de son arme. De toute façon, je n'aurais pas pu. Après tout, cette créature ne nous a fait aucun mal. Elle ne nous a pas provoqués. Elle s'est contentée de s'enfuir à notre approche, aussi terrifiée que nous l'étions. Et puis, abattre un être pareil, je crois que cela aurait été pour nous tous quelque chose comme un sacrilège. »

Ses compagnons approuvèrent d'un signe de la tête, mais Peï décréta de sa petite voix volontaire :

« Eh bien, moi, je n'aurais pas hésité. J'aurais tiré. Comme ça, tout le monde aurait su que le

Grand Velu existait vraiment. Je serais devenu un héros. J'aurais eu ma photo dans tous les journaux. Je serais passé à la télévision. Des journalistes seraient même venus d'Amérique pour m'interviewer. À Shanghai, papa m'aurait vu. Oui, j'aurais tué le méchant homme des neiges. »

Grand-père gronda soudain :

« Peï, tais-toi donc, cesse de dire des sottises ! »

Son ton était si inhabituellement sévère, ses yeux jetaient de telles flammes de colère que je vis monter des larmes aux yeux de mon petit frère ; je me précipitai vers lui pour le consoler après avoir lancé un regard de reproche à grand-père, qui se calma aussitôt. S'adressant aux militaires, il dit cependant :

« Voyez ! Vous troublez l'esprit de cet enfant avec vos histoires à dormir debout. Je serais bien incapable de dire ce que vous avez vu mais je sais bien que si j'étais à votre place, j'éviterais de reparler de tout cela ailleurs que dans cette maison. Quand vous rentrerez au poste et que vous prétendrez avoir donné la chasse à un homme des neiges, on commencera par vous soupçonner d'avoir bu plus que de raison. On vous interrogera une fois, dix fois, cent fois. Bien sûr, vous avez pris des photos. Que montreront-elles ? Des traces de pas dans la neige. Et alors, qu'est-ce que cela prouve ? Vos supérieurs diront qu'elles ont été faites par un homme portant de grosses bottes de montagne aux pieds. Vous serez ridiculisés. Encore heureux si on n'ouvre pas une enquête. »

Wei protesta pour la forme :

« Mais les traces existent vraiment. On voit distinctement qu'elles ont été laissées par des pieds nus, des pieds immenses. »

Grand-père haussa les épaules et remarqua avec justesse :

« Il n'a cessé de neiger depuis des heures. Vos fameuses empreintes doivent être déjà recouvertes. Vous n'aurez aucune preuve pour confirmer vos dires, à part quelques vagues photos. Croyez-en mon expérience d'ancien soldat : dans l'armée, on n'est jamais assez discret. Il est préférable de ne pas se faire remarquer avec des histoires aussi farfelues que la vôtre. Je parle dans votre intérêt. »

Les conseils de grand-père avaient impressionné nos trois amis.

Bien qu'à regret, ils admirent l'un après l'autre :

« Vous avez sûrement raison, mieux vaut tenter d'oublier tout cela. »

Une certaine gêne s'était installée entre nous, et les soldats nous quittèrent rapidement pour affronter à nouveau la tempête, après avoir avalé une dernière tasse de thé.

Cependant, avant de franchir la porte, Wei ne put se retenir de me lancer :

« Tu sais, Linh, nous ne sommes pas fous. Nous l'avons vraiment vu… »

2

DEUX OU TROIS NUITS après la visite des soldats, nous étions profondément endormis quand retentit pour la première fois ce cri étrange, qui ne correspondait à rien que j'aie déjà entendu. C'était une sorte d'appel déchirant, aux intonations presque humaines, mais puissant et prolongé, et qui se terminait comme une plainte. Je me réveillai immédiatement et me dressai sur ma natte. Près de moi, mon frère demanda, d'une voix angoissée :

« Qu'est-ce que c'est ? Est-ce le Grand Velu qui hurle de cette façon ? Linh, crois-tu qu'il rôde autour de la maison ? Avez-vous bien fermé la porte ? »

Grand-père s'efforça de le rassurer en mentant de façon éhontée :

« Je n'ai rien entendu du tout. Vous avez sûrement fait un mauvais rêve. Ou alors, c'est un chien sauvage qui crie famine. »

Mais, à ce moment, l'appel lugubre résonna à nouveau dans la nuit et je serrai Peï, tout tremblant contre moi, pour l'apaiser.

Dans la petite porcherie attenante à la maison, les cochons commencèrent à grogner et à s'agiter, ajoutant à notre émoi. Sans doute réagissaient-ils eux aussi à une présence inconnue et vaguement menaçante.

Grand-père se leva en bougonnant et marcha d'un pas résolu jusqu'à la porte. Il ne l'ouvrit pourtant qu'avec précaution et il passa longuement la tête au dehors avant de nous inviter à le rejoindre :

« Allons, venez voir, jeunes froussards ! Il n'y a pas d'homme des neiges, ici ! »

Une lune toute ronde resplendissait, magnifique, dans le ciel, éclairant d'une lueur irréelle les collines environnantes, recouvertes d'un immense linceul de neige. Tout était merveilleusement calme et serein. Même les cochons s'étaient tus et avaient cessé de remuer.

Nous retournâmes nous coucher et grand-père pesta gentiment contre « ces enfants qui prennent plaisir à trembler de peur ». Peï se rendormit presque tout de suite et grand-père l'imita peu de temps après. Quant à moi, je ne parvins pas à fermer l'œil de la nuit.

Le lendemain matin était pour moi un jour de vacances. L'école du village ne comprenait que trois classes, une pour les petits, une pour les moyens et une dernière pour les grands, dont je faisais partie. Or, l'institutrice des grands était partie en stage pour plusieurs semaines à Wuhan, la lointaine capitale de la province.

Sa remplaçante n'arriverait qu'en fin de semaine. En attendant, je ne manquais pas de devoirs à faire à la maison.

De bon matin, grand-père s'était habillé puis m'avait annoncé qu'il accompagnerait Peï jusqu'à l'école. Ce n'était pourtant pas la première fois que mon frère avait à se rendre seul en classe. La pensée m'effleura alors que grand-père était bien plus troublé par le récit des trois soldats qu'il ne le montrait. Mais je ne fis aucune remarque et, dès son départ, saisi par une irrésistible impulsion, je m'emparai d'un cahier et commençai à relater les étranges péripéties des derniers jours.

J'ai toujours aimé écrire et les mots venaient sans peine à mon esprit. Cependant, je m'étais à peine mise à l'ouvrage que de petits coups répétés contre la porte vinrent me distraire. J'allai ouvrir et trouvai Wei, le jeune soldat, l'air un peu emprunté. À sa mine, je devinai combien les moqueries de grand-père l'avaient chagriné et me crus obligée de lui dire aussitôt :

« Tu sais, moi, je te crois. Je suis sûre que tu n'as pas eu de visions. »

Il me remercia par un sourire et demanda :

« Ton grand-père et toi, avez-vous entendu cette nuit ces cris étranges qui venaient de la montagne ?

– Comment aurions-nous fait pour ne pas les entendre ? L'écho a dû les répercuter dans toute la vallée », répondis-je simplement.

Wei devint très mystérieux et précisa :

« Dès l'aube, n'étant pas de service, je suis retourné seul là-haut. Je n'ai pas eu à marcher bien longtemps. J'étais certain que je trouverais ce que je cherchais. Habille-toi chaudement et suis-moi. Et tu verras. »

Comme j'hésitai, il ajouta :

« Tu crains de te faire gronder par ton grand-père ? Je l'ai aperçu qui descendait vers le village avec ton petit frère. Pour un homme de son âge, c'est un trajet épuisant. Il ne sera pas de retour avant deux heures au moins. D'ici là, je te promets que tu seras rentrée à la maison. Ce que j'ai à te montrer se trouve à moins d'une demi-heure de marche d'ici. Cette nuit, il s'est vraiment approché très près de chez vous. »

Mon cœur se mit à battre plus vite et je m'exclamai :

« De qui parles-tu ? »

Wei était maintenant plein d'assurance. Il me taquina :

« Tu sais bien de qui je veux parler. Mais peut-être as-tu peur de m'accompagner ? »

Je rougis d'indignation et lui lançai :

« Me prendrais-tu encore pour une enfant ? Bien sûr que non, je n'ai pas peur ! »

J'enfilai à la hâte des vêtements chauds et ma vieille paire de bottes fourrées et nous partîmes sur l'épais tapis blanc. Nous n'avancions qu'avec peine, nous enfonçant parfois dans la neige jusqu'aux mollets. Il nous fallut gravir une pente très raide et couverte de pins puis une autre, au versant encore plus escarpé. Pour m'encourager, Wei ne cessait de répéter :

« Encore un dernier petit effort et nous y serons… »

Bientôt, nous fûmes au sommet de la colline et je m'apprêtais à protester que je n'avais pas l'intention d'aller plus loin quand Wei se tourna vers moi et pointa le doigt en direction d'une petite forêt de pins. On apercevait une longue suite de traces de pas qui en sortaient et se prolongeaient sur plusieurs centaines de mètres avant de s'arrêter brusquement à la base d'un énorme éboulis de roches.

Je ne comprenais pas pourquoi Wei se montrait soudain si agité.

« Descendons ! » ordonna-t-il, et je le suivis docilement.

Quand nous fûmes enfin tout près des premières empreintes, je poussai un cri de stupeur. Je me mis à courir tout au long de la piste laissée dans la neige ne sachant que répéter :

« Mais ce sont des pieds immenses ! Des pieds de géant ! Qui peut laisser des traces pareilles ? »

Je plaçai l'un de mes pieds dans une des empreintes profondes.

Mes bottes épaisses en couvraient à peine le tiers ! Et pour passer d'un pas à l'autre, j'étais obligée de faire de grands sauts. Wei s'amusait de mon étonnement et insistait :

« Tu vois bien la trace des cinq orteils ? Alors, ce ne sont pas des pieds d'homme, ça ? »

J'étais si excitée que je ne songeais même pas à lui répondre.

Une sorte d'exaltation me gagnait : je vivais des instants extraordinaires ! J'avais le sentiment d'avoir été choisie par une force inconnue pour contempler ce spectacle prodigieux. J'étais consciente que, de ma vie entière, jamais je n'oublierais ce moment. Puis, mon enthousiasme retomba. Je parcourus des yeux le cirque immense des montagnes tout autour de nous. J'éprouvai soudain la certitude que l'être mystérieux était là, dissimulé quelque part, à nous observer.

Pourtant, je ne ressentais aucune peur. Rien qu'une curiosité passionnée.

J'avais hâte maintenant de rentrer à la maison pour confier fiévreusement mes impressions à mon cahier. Il faudrait que je me souvienne de chaque détail. Wei devina sans doute mes préoccupations car il dit brusquement :

« Allons, il est temps que je te ramène. »

Mais, quand nous arrivâmes à proximité de la maison, une vive contrariété me saisit : grand-père se tenait sur le seuil, et je ne sus d'abord si c'était de l'inquiétude ou de la colère qui assombrissait son visage d'ordinaire si serein. Les traces de larges pneus cloutés dans la neige expliquaient comment il avait réussi à rentrer chez nous bien plus tôt que prévu. Quelqu'un, au village, s'était proposé à le ramener à bord de l'unique camion de la coopérative. Voilà qui ne faisait pas mon affaire.

Il nous regardait venir vers lui d'un œil sévère et je baissai la tête, pressentant une giboulée de reproches. Mais, quand il éleva la voix, j'y sentis surtout un grand soulagement.

Wei intervint avec bravoure pour tenter d'excuser mon escapade :

« C'est moi qu'il faut disputer, grand-père ! Je suis grandement coupable ! Linh ne voulait pas me suivre. Mais je désirais lui montrer une chose extraordinaire. Elle ne manquera pas de te raconter. »

Wei espérait éveiller ainsi sa curiosité, mais grand-père se garda bien de mordre à l'hameçon. D'un ton ne supportant pas la réplique, il affirma :

« Oui, Linh aura l'occasion de m'expliquer tout cela le moment venu. Mais, pour l'instant, elle a sûrement des devoirs à terminer. »

Wei nous quitta sans demander son reste et je me résignai à affronter les réprimandes de grand-père. Mais c'est d'une voix radoucie qu'il constata :

« Ainsi, cet idiot de Wei n'a pas résisté à l'envie de te les montrer, ces fameuses empreintes du Grand Velu… »

Je m'exclamai :

« Mais comment le sais-tu ? »

Grand-père prit un air malicieux pour remarquer :

« Me crois-tu donc si stupide ? En bas, au village, tout le monde ne parle que de l'abominable homme des neiges. Car, malgré mes conseils, nos amis n'ont pas su tenir leur langue. Et leurs photos semblent avoir impressionné le responsable du poste militaire. Il a transmis un rapport aux autorités de Wuhan. Et puis, il y a eu ces cris la nuit dernière, qui en ont réveillé plus d'un.

Alors, je ne pus contenir plus longtemps mon exaltation et je proclamai :

« Je suis certaine, grand-père, que toi aussi, tu commences à penser que le Grand Velu existe vraiment, qu'il n'est pas une simple légende. »

Sa réponse me laissa abasourdie :

« Mais je sais depuis bien longtemps que des hommes des neiges errent dans nos régions. Encore que j'étais persuadé que les derniers d'entre eux avaient disparu et que leur espèce s'était éteinte à jamais. Apparemment, il n'en est rien. Et j'ai peur que toutes ces histoires n'amènent de nouvelles scènes de folie. Comme celle que j'ai vécue alors que j'avais à peine ton âge. »

Grand-père s'était assis à la douce chaleur du kang. Je m'installai près de lui et me fis suppliante :

« Je t'en prie, dis-moi ce qui s'est passé… »

Il demeura silencieux, comme s'il hésitait à évoquer des souvenirs très pénibles, et je m'écriai :

« Oublions tout cela. C'est sans importance… »

Mais il était trop tard. Un irrésistible besoin de se confier avait succédé à ses hésitations et je compris qu'il m'en aurait voulu à présent de ne pas lui prêter une oreille attentive. Il avait toujours été un merveilleux conteur et souvent, le soir, il nous arrivait, à Peï et à moi, de nous asseoir tout près de lui et de le supplier de nous parler de la Chine de jadis, telle qu'elle était dans son enfance.

Par la magie de ses descriptions, tout un monde merveilleusement coloré surgissait du passé, et c'était comme s'il tournait les pages d'un grand livre d'images devant nos yeux éblouis.

Dans notre misérable maisonnée, défilaient alors des cortèges de grands mandarins, solennels dans leurs longues tuniques de soie brochée, leurs grands bonnets à ailes de libellule posés sur la tête. Puis passaient de riches palanquins que portaient sur leurs épaules des serviteurs innombrables. À l'intérieur, dissimulées par de fins rideaux, on devinait la présence de dames merveilleusement belles qui jetaient sur nous des regards nostalgiques.

Enfin, derrière, marchait la cohorte immense des paysans faméliques, couverts de haillons et, dans leurs rangs, grand-père n'omettait jamais de nous inviter à le reconnaître, jeune garnement maraudant ici, chapardant là, pour assurer la subsistance de sa famille. Longtemps après qu'il eut fini de parler, nous restions songeurs, rêvassant, incapables de revenir au temps présent. Pour nous ramener à la réalité, il frappait dans ses mains et proclamait :

« Allons, il est l'heure de dérouler les nattes et de dormir. »

Cependant, aujourd'hui, il ne parvenait à s'exprimer qu'en phrases courtes et hachées, interrompues par de longs silences. Je n'en buvais que plus avidement chacune de ses paroles :

« Linh, mon enfant, j'avais tout juste ton âge quand le drame est arrivé. C'était une année de froid exceptionnel et de neiges abondantes, pareille à celle-ci. Dans les montagnes, les animaux sauvages, ne trouvant plus rien à manger, mouraient de faim. Les moins craintifs d'entre eux s'approchaient jusqu'à la lisière des villages pour y dévorer les détritus abandonnés par les humains. C'est alors que j'ai entendu parler pour la première fois du Grand Velu. Ce furent d'abord quelques paysans qui prétendirent l'avoir aperçu. Puis, un matin, on découvrit des empreintes de pas gigan-

tesques à proximité des premières maisons. La porte d'un petit hangar à maïs avait été défoncée et le visiteur avait dispersé un peu partout les restes de son festin.

« Les nuits suivantes furent marquées par de multiples incidents de ce genre, tous attribués à l'abominable homme des neiges, et un vent de panique se répandit parmi nous. On appela au secours les troupes du seigneur de la guerre[4] local, qui ne jugèrent pas utiles de se déplacer. Alors, les notables du village se résignèrent à agir par eux-mêmes. »

Grand-père s'était tu, répugnant à poursuivre son récit.

Captivée, je saisis ses vieilles mains ridées dans les miennes et j'implorai :

« Continue ! C'est si passionnant… »

Cédant à mes prières, il reprit :

« On décida de laisser volontairement ouverte la porte d'une cabane dans laquelle on répandit un plein sac d'épis de maïs. Bien en vue, on disposa aussi un baquet rempli d'une boisson fermentée. Le piège fonctionna à merveille. Pendant la nuit, le

4. Toute une partie de la Chine était à cette époque entre les mains de multiples généraux qui possédaient leur armée personnelle et qu'on appelait *seigneurs de la guerre*.

Grand Velu vint manger les épis. Il vida complètement le baquet d'alcool et s'effondra sur place, ivre mort. Au petit matin, quand je me réveillai, une agitation extraordinaire régnait déjà à travers tout le village. Les gens couraient en tous sens, en hurlant : "On a capturé le Grand Velu !" Une foule énorme se pressait autour de la cabane. Je mis un bon moment à me faufiler au premier rang. Et enfin, je le vis : l'homme des neiges ! Il était étendu par terre, à demi inconscient encore, tout couvert de liens. Quelques hommes, plus téméraires que les autres, avaient profité de son profond sommeil pour le ligoter solidement. »

Les joues en feu, je m'étais levée et je répétais, toute tremblante d'excitation :

« Ainsi, tu l'as vu ! À quoi ressemblait-il ? Et pourquoi as-tu nié son existence, l'autre jour, devant les soldats ?

– Laisse-moi donc continuer et tu vas comprendre ! Ah ! C'est comme s'il était là encore devant mes yeux ! Un géant à la poitrine large comme deux hommes et tout couvert de longs poils aux reflets roux ! Un titan qui dégageait une impression de force monstrueuse ! Moitié homme, moitié singe ! Un front énorme, des mâchoires terrifiantes, des bras et des cuisses comme des troncs d'arbre, des mains faites pour écraser et pour broyer ! Mais je ne pus l'observer bien longtemps car, tandis que le cercle des curieux ne cessait de grossir autour de lui, il a commencé à bouger puis à s'agiter furieusement.

« Horreur ! Nous avons entendu ses liens craquer et il s'en est débarrassé comme de simples cordelettes. Quelle débandade ! Tous se sauvaient en poussant des cris d'effroi. »

Emportée par ce récit, je me mis à rire et à applaudir. Je demandai, brûlant d'impatience :

« Alors, il a réussi à s'échapper ?

– Non, il n'a pas eu le temps de faire plus de quelques pas ! » dit grand-père d'une voix devenue sombre.

Il hésita à nouveau et poursuivit :

« Quelques hommes avaient apporté leurs vieux fusils. Ils ont tiré tout de suite. Le géant a vacillé puis il est tombé. Alors, ce fut une affreuse ruée. Chacun le frappait à coups de fourche ou de bâton. Il s'est débattu un bon moment, puis il s'est immobilisé tout à fait et nous aurions dû comprendre qu'il était mort. Mais les gens avaient eu tellement peur qu'ils continuaient de cogner et de cogner encore. Puis, peu à peu, la foule s'est calmée et une sorte d'accablement a succédé à cette fureur aveugle. Chacun se sentait empli de honte et de remords, même si tous répétaient que le village n'avait fait que se défendre contre un danger mortel pour toute la communauté.

« Deux jours plus tard, des militaires sont venus et ont emporté la dépouille dans leur camion. Il a fallu les bras d'une dizaine d'hommes pour la hisser à bord. Je n'ai jamais su ce qu'on en avait fait.

C'était une époque si troublée, si terrible pour notre pauvre Chine qu'on avait bien autre chose à faire qu'à s'intéresser aux restes d'un grand singe d'une espèce inconnue. »

Grand-père avait l'air si malheureux, si désemparé, que je me blottis dans ses bras et murmurai :

« J'ai compris maintenant pourquoi tu veux empêcher les gens de croire à l'existence du Grand Velu… »

Il me caressa doucement les cheveux et dit :

« Ah, ma petite Linh, je me souviendrai de son regard jusqu'à mon dernier jour ! Au moment où il est tombé, j'ai vu passer une telle expression de peur et de désespoir dans ses yeux. J'en jurerais aujourd'hui encore : ce n'était pas une expression d'animal. C'était un regard d'être humain. Un regard d'homme. »

3

Plus les jours passaient et plus le village s'enfonçait dans un climat de folie. Nombreux étaient ceux qui prétendaient avoir trouvé des traces de l'homme des neiges ou assuraient l'avoir aperçu en chair et en os, au détour d'une colline ou d'un bois. Pour preuve de leur rencontre, certains ramenaient quelques touffes de poils laissés, selon eux, par le Grand Velu sur son passage. Chou, le menuisier, revint même un jour en abritant dans ses mains jointes une énorme crotte séchée qui, selon lui, ne pouvait provenir que de l'être mystérieux. On pouvait douter pourtant de la réalité de ces multiples témoignages, tant les descriptions différaient d'un paysan à l'autre. Les uns prétendaient avoir été poursuivis par un singe si féroce et si monstrueux qu'on se demandait bien comment ils avaient pu lui échapper. D'autres dépeignaient un homme très primitif mais d'une taille prodigieuse et qui s'enfuyait craintivement dès qu'on tentait de l'approcher. Les plus imaginatifs l'affublaient de trois jambes ou assuraient qu'il possédait, au bas du dos, une longue queue poilue avec laquelle il lui arrivait de se suspendre aux branches les plus hautes des arbres. Bref, chacun en appelait à son imagination pour se transformer, pendant quelques heures, en héros auprès de ses voisins.

Cependant, la rumeur se répandit bien vite dans tous les hameaux de notre sauvage région montagneuse du Shennongjia[5], puis s'étendit à toute la province. Elle finit même par gagner Pékin et Shanghai. Nous reçûmes une lettre fort alarmée de papa, qui avait lu dans un journal qu'une bête fantastique semait la terreur près de notre village. Il nous recommandait de ne jamais nous éloigner de la maison hors de la présence de grand-père et

5. Région de la province du Hubei.

invitait ce dernier à nous accompagner jusqu'à l'école chaque fois qu'il le pouvait. Bientôt, nous apprîmes qu'un grand quotidien de la capitale offrait dix mille yuan à quiconque fournirait des preuves de l'existence de l'homme des neiges.

Face à ce tumulte, l'inquiétude de grand-père croissait chaque jour et il devint de plus en plus sombre et irritable. Mon petit frère s'en étonnait, mais je me gardais bien de lui expliquer les raisons de ce changement d'humeur. Moi, je savais qu'il craignait d'avoir à revivre les pénibles moments de son enfance. Il redoutait que le Grand Velu, affamé, ne finisse par entrer une nuit dans le village dans l'espoir d'y trouver quelque nourriture.

Je ne fus donc pas surprise lorsqu'un matin, en dépit de son grand âge, je le vis s'éloigner dans la neige avec un gros sac sur l'épaule. Je n'eus pas besoin de lui demander où il allait ainsi.

J'avais déjà compris qu'il transportait quelques provisions destinées à l'être inconnu et redoutable qui errait dans les collines. Il les déposerait loin du village, convaincu que l'homme-singe, dont l'odorat devait être très développé, n'aurait guère de peine à les trouver rapidement.

Quand grand-père revint, deux bonnes heures plus tard, il paraissait si épuisé et si transi de froid que j'eus peur de le voir défaillir sur le seuil de la maison. Je l'aidai à s'allonger sur le kang et lui servis, coup sur coup, plusieurs bols de thé bien chaud.

Puis, je lui dis d'un ton résolu :

« Tu n'as plus la force pour pareille entreprise. Je ne te laisserai plus mettre ta vie en danger. La prochaine fois, c'est moi qui irai porter la nourriture pour le Grand Velu. »

Grand-père sourit.

« Ainsi, dit-il d'une voix émue, tu n'hésiterais pas à mettre tes jours en danger pour un vieux radoteur comme moi ? Je ne saurais le permettre. »

Il était inutile d'insister et je le regrettai fort, car l'idée de m'enfoncer seule dans les collines enneigées pour ravitailler le Grand Velu enflammait mon imagination. Cependant, le lendemain, grand-père se réveilla avec une forte fièvre et fut incapable de se lever. Je décidai de rester à la maison afin de veiller sur lui. Je rédigeai à la hâte une lettre d'excuse pour mon institutrice et chargeai Peï de la lui remettre en se rendant à l'école.

Il fallut plusieurs jours avant que grand-père commence à se rétablir. Mais il demeurait très faible et s'inquiétait de ne pouvoir renouveler son expédition à travers les collines environnantes. Il répétait avec des accents de désespoir :

« As-tu entendu ces cris épouvantables, cette nuit ? C'était lui, j'en suis certain ! Il a faim ! Si je ne retrouve pas très vite la force de lui apporter un peu de nourriture, il finira par descendre vers le village. Et un drame surviendra, comme autrefois. »

Aussi, quand il s'endormit, une brusque résolution s'empara de moi. Je pris une feuille de papier sur laquelle je griffonnai :

Cher grand-père, une camarade est passée pour me faire savoir que l'institutrice s'inquiétait de mon absence prolongée. Je profite de ton sommeil pour aller au village et la rassurer. Ne te fais aucun souci.

Je reviens le plus rapidement possible.

Je déposai le message près de lui puis je sortis sans faire le moindre bruit. Je sentais mon cœur cogner avec violence dans ma poitrine. Dans notre petite réserve, je saisis un sac de jute que je remplis de deux gros choux et d'épis de maïs. Et, mon fardeau sur l'épaule, je m'engageai hardiment vers la colline la plus proche.

Je marchai longtemps dans la neige épaisse, m'efforçant de retrouver la direction dans laquelle m'avait entraînée Weï, le jeune soldat, l'autre jour. Heureusement, j'avais noté dans ma mémoire quelques points de repère très faciles à reconnaître. Bien plus vite que je ne m'y attendais, j'arrivai ainsi à proximité du petit bois et de l'éboulis de roches où il m'avait montré les empreintes géantes.

Je n'osai m'approcher trop près des premiers arbres et je m'arrêtai à un endroit d'où l'on pouvait me voir de partout. Un à un, je sortis alors du sac mes choux et mes épis de maïs et j'en fis une petite pyramide sur la neige.

Cette besogne terminée, de façon un peu stupide, par bravade, pour me prouver que j'étais une fille très courageuse, je fis un tour complet sur moi-même et je me mis à crier :

« Grand Velu ! Je sais que tu es là ! Je sais que tu m'épies ! Mais tu ne me fais pas peur ! Regarde, c'est pour toi, je t'ai apporté à manger ! Bon appétit ! »

J'étais si fière de moi que j'éclatai de rire. Mais je

ne jugeai pas utile de m'attarder et c'est en courant dans la neige que je pris le chemin du retour. Quand je fis irruption dans la maison, encore grisée par ma propre audace et les joues toutes rougies par le froid, je fus rassurée de constater que grand-père sommeillait encore. Mon message, posé près de lui, n'avait pas été déplacé. Je le ramassai promptement et le glissai dans une des poches de ma parka.

Toute la nuit qui suivit, des pensées fiévreuses me tinrent éveillée. L'homme-singe avait-il trouvé les provisions abandonnées à son intention dans la neige ? Si c'était le cas, possédait-il une intelligence suffisante pour comprendre que grand-père et moi, nous l'aidions ainsi de façon délibérée ? Nous en était-il reconnaissant ?

Reviendrait-il au même endroit dans l'espoir d'une nouvelle livraison ? Si je retournais là-bas régulièrement, finirait-il par s'habituer à moi ? Se montrerait-il ? Et si, avec le temps, il se laissait apprivoiser ?

L'aube pâlissait à peine la fenêtre que j'étais déjà debout. Je fis chauffer un bouillon de vermicelles pour le petit déjeuner de grand-père et de Peï, mais, malgré toutes mes précautions, ils se réveillèrent et me demandèrent en même temps :

« Mais pourquoi es-tu debout si tôt ?

– Oh, répondis-je, ce n'est rien, rendormez-vous ! Il faut que je passe de très bonne heure chez une camarade de classe pour qu'elle me remette quelques devoirs à faire à la maison. Je ne veux pas prendre de retard du fait de mon absence.

– Mais il n'est plus nécessaire que tu restes à la maison. Je me sens beaucoup mieux ce matin, protesta grand-père.

– Non ! Non ! dis-je précipitamment. Je préfère veiller sur toi aujourd'hui encore. »

Grand-père grogna faiblement puis se tourna sur le côté et se rendormit. Un peu honteuse de mon mensonge, je m'habillai et sortis. Le vent glacé me mordit le visage. Jamais, depuis le début de l'hiver, il n'avait fait aussi froid.

Je me rendis jusqu'à la porcherie et j'enfournai dans mon sac une partie des épluchures de pommes de terre destinées aux cochons, j'y ajoutai quelques épis de maïs, puis je repris le même chemin que la veille. Comme la route me parut brève ! Je tremblais d'impatience et la même question me revenait à l'esprit: le Grand Velu avait-il fait un sort à mes provisions?

La réponse me fut apportée dès que j'arrivai à destination: il ne restait plus la moindre trace de nourriture. Pas un seul débris de chou ni un seul grain de maïs! Mais là où j'avais dressé ma petite pyramide, on distinguait très nettement de multiples empreintes de pieds nus, immenses, semblables à celles que Wei m'avait fait découvrir l'autre jour. Les pas me l'indiquaient sans aucun doute possible: l'être mystérieux était sorti du bois tout proche. Avant de s'en régaler, il avait tourné autour des provisions comme s'il craignait un piège. Puis il s'était dirigé vers le grand amas de roches qui avait déjà retenu mon attention l'autre fois.

Heureuse et terrifiée à la fois, je déversai devant moi le contenu de mon sac et, contemplant les rochers lointains, je hurlai:

« Je t'ai apporté à nouveau à manger! Je reviendrai chaque fois que je le pourrai. Surtout, ne descends pas au village, les hommes te tueraient! »

J'étais bien consciente que, même s'il m'entendait, le Grand Velu ne pouvait comprendre un seul mot de mes recommandations. Mais j'avais le sentiment de participer à un jeu palpitant et dangereux. J'attendis un bon moment sur place, espérant voir surgir de quelque repaire sa silhouette terrible, sachant que je courrais alors jusqu'au village d'une seule traite, en une fuite éperdue, sans même oser me retourner.

Mais, autour de moi, tout demeurait inerte et silencieux.

Alors, un peu déçue, mais rassurée au fond de moi-même, je fis demi-tour, mon sac vide sur l'épaule.

4

MA VIE MONOTONE allait recommencer. Grand-père était à présent complètement remis de son refroidissement, et c'est le cœur un peu lourd que, le lendemain matin, je partis vers l'école, précédée de mon petit frère. Je n'aurais désormais plus l'occasion d'aller nourrir le Grand Velu. Comme toujours, Peï gambadait loin devant moi, se dissimulait parfois derrière un arbre et surgissait à mon passage en poussant des hurlements frénétiques. Bien qu'habituée à ses fantaisies, je sursautais à chacune de ses apparitions. Il riait alors aux éclats, bien décidé à recommencer quelques centaines de mètres plus loin.

Toute la nuit, il avait neigé et le sentier sinueux

était recouvert d'une épaisse couche de poudre blanche qui craquait sous nos pas.

Bientôt, à un détour du chemin, Peï disparut à nouveau.

D'abord, je ne m'inquiétai pas, m'attendant à tout instant à le voir débouler vers moi avec des piaillements aigus. Puis, comme il ne se manifestait pas, je pressai le pas, un peu inquiète. Enfin, je le vis, loin devant moi, et son attitude m'intrigua. Il s'était agenouillé dans la neige et paraissait accaparé par une découverte insolite. Comme je m'approchai, il se releva et courut à ma rencontre, offrant tous les signes d'une vive agitation.

« Linh ! cria-t-il fièrement, viens vite par ici ! J'ai trouvé des traces du Grand Velu. Il a traversé le chemin. Il a laissé la marque de ses pieds dans la neige. Des traces énormes ! Il doit être aussi grand qu'un arbre !

– Surtout, ne t'éloigne pas, viens me donner la main », lançai-je aussitôt.

Mais il ne m'écoutait pas. Avant que j'aie pu le retenir, il s'enfonça dans le sous-bois en m'invitant à le rejoindre :

« Linh, par ici ! Regarde, la piste continue !

Suivons-la. Nous avons une chance de voir le Grand Velu. »

Je m'époumonai à lui ordonner de revenir au plus vite. Mais sa voix ne cessait au contraire de s'éloigner. Alors, rassemblant tout mon courage, une boule d'angoisse me nouant la gorge, je me jetai à mon tour sous la masse sombre des grands arbres. C'était vrai : les empreintes, bien visibles, zigzaguaient entre les troncs épais et on pouvait les suivre sans peine. Mais une unique préoccupation m'animait : il fallait sortir Peï d'ici, le ramener sur le chemin.

Inconscient du danger, il courait au contraire de plus en plus vite et ses exclamations se faisaient de plus en plus distantes.

Brusquement, une plainte affreuse retentit assez loin devant moi, puis je perçus les appels de Peï, entrecoupés de sanglots :

« Linh ! Au secours ! J'ai mal ! »

Affolée, je me précipitai, persuadée que la vie de Peï ne dépendait plus que de moi. Je m'écorchai sévèrement les mollets en bondissant à travers un buisson épineux qui me barrait le passage et, enfin, je l'aperçus. Aussitôt, je poussai un soupir de soulagement.

Dans sa hâte, le garnement s'était coincé la jambe entre les troncs de deux grands arbres gisant sur le sol et il ne parvenait pas à la libérer en dépit de ses efforts.

« Linh ! Vite, j'ai très mal ! Fais quelque chose… »

Les troncs étaient bien trop lourds pour que je puisse les déplacer. Je saisis Peï sous les aisselles et essayai maladroitement de le tirer vers moi. Mais je ne réussis qu'à lui arracher des cris de douleur. Je trouvai une branche sur le sol et tentai de l'utiliser comme un levier pour écarter les deux troncs l'un de l'autre. Ce fut un nouvel échec. Je finis par m'en persuader : seule, je n'arriverais à rien. Il me fallait l'aide de plusieurs hommes solides. J'embrassai mon frère sur chaque joue, puis je lui dis, m'efforçant de paraître très calme alors que j'étais au bord des larmes :

« Peï ! Je sais que tu es très courageux. Je vais courir jusqu'au village et ramener du secours. Dans moins d'une heure, je serai là. »

Je m'écartai légèrement pour vérifier qu'il m'avait bien comprise, et c'est alors que je vis son visage perdre toute couleur. La bouche grande ouverte, il contemplait fixement quelque chose derrière moi et, dans ses yeux écarquillés, luisait une expression que je n'avais jamais rencontrée : c'était moins de la frayeur qu'une espèce d'intense stupeur. Il pointa le doigt par-dessus mon épaule et bredouilla enfin :

« Linh ! Derrière toi… »

C'est à ce moment précis que l'horrible odeur m'emplit les narines. Une odeur pestilentielle qui me rappela celle du chat sauvage, mort depuis plusieurs jours, dont grand-père avait ramené la dépouille à la maison pour nous la montrer. Doucement, je me retournai : il était là ! L'homme-singe ! Le Grand velu !

D'effroi, je portai les mains à mon visage et je crus que j'allais me mettre à hurler. Mais aucun son ne sortit de ma gorge.

Et je restai, paralysée, à le regarder de la tête aux pieds. Il dégageait une formidable impression de puissance et de férocité. Il ressemblait à une vivante montagne de chair et de muscles. De grands poils roux, presque rouges, formaient sur son énorme crâne en forme d'obus une sorte de longue chevelure. Ils couvraient aussi ses épaules, sa poitrine colossale, ses bras interminables et ses cuisses épaisses comme des troncs d'arbre.

Il baissa lentement vers moi sa figure immense au front fuyant, au large nez épaté, aux mâchoires impressionnantes et, comme par enchantement, toute peur m'abandonna. Car je constatai que, sous ses grosses arcades sourcilières bombées, brillaient deux yeux pétillant de bonté et de gentillesse. Je compris qu'il ne caressait aucune intention belliqueuse à notre encontre et, rassurée, je lui souris.

Reconnaissait-il en moi celle qui lui avait apporté de la nourriture, deux jours de suite ? En cet instant prodigieux, je n'en doutai pas. Il dandinait la tête de gauche à droite et, soudain, il tendit au-dessus de moi l'une de ses mains monstrueuses. Je ne pus éviter un mouvement instinctif de recul. Mais, déjà, ses doigts caressaient mes cheveux avec d'infinies précautions. Comme si, conscient de sa force, il craignait de me causer le moindre mal.

C'était une rencontre tellement fantastique que je n'osais prononcer un seul mot. J'aurais voulu que ce moment incroyable dure l'éternité. Mais une plainte de Peï mit fin à cette magie et l'homme-

singe se détourna de moi. En une seule enjambée, il fut auprès de mon petit frère. Je le vis se baisser et s'emparer à deux mains de l'extrémité d'un des troncs d'arbre dont l'étreinte faisait souffrir Peï si cruellement. Il le souleva avec autant de facilité que je l'aurais fait d'un bâton d'allumette et le rejeta au loin. Puis il posa sur nous un regard satisfait.

Peï frottait sa cheville enflée et douloureuse. Il se mit à gémir :

« J'ai très mal. Je crois que je suis incapable de marcher.

– Ce n'est rien. J'arriverai bien à te porter sur mon dos jusqu'à la maison, murmurai-je pour le rassurer. »

Mais je savais bien que c'était au-dessus de mes forces. Alors, animée d'une brusque résolution, je levais la tête vers le Grand Velu et j'assurai hardiment :

« Toi, tu pourrais le porter dans le creux de ta main ! Mais encore faudrait-il que tu me comprennes… »

Il remua à nouveau la tête, poussa de légers grognements, et je devinai que c'était chez lui le signe d'une intense réflexion. Il se demandait, avec une évidente perplexité, ce que je pouvais bien attendre de lui. Alors, j'invitai Peï à tendre les deux bras autour de mon cou et je l'aidai à se hisser sur mon dos. À cet instant précis, le géant poilu porta la paume de sa main à hauteur de son front comme si une brusque illumination venait d'y naître. C'était un mouvement si naturel et si drôle, si humain aussi, que Peï et moi, nous éclatâmes de rire.

Aussitôt après, d'une seule main, il agrippa mon petit frère autour de la taille et je vis avec frayeur celui-ci s'envoler dans les airs. Mais l'homme des neiges le déposa à califourchon sur l'une de ses épaules et le maintint fermement dans cette position. Au comble de l'excitation, Peï criait :

« Que c'est haut ! Et ce qu'il sent mauvais ! »

Je m'apprêtai à prendre les devants pour indiquer à notre étrange compagnon la direction de la maison. Mais il se mit tout à coup en marche, sans la moindre hésitation, et je compris avec stupeur qu'il savait très précisément où nous habitions. Quand j'étais montée dans les collines pour lui apporter des provisions, mon instinct ne m'avait donc pas trompée : dissimulé à mes regards, il m'avait observée tout le temps. Sans doute même m'avait-il suivie à mon insu. J'en frissonnai rétrospectivement, même si j'étais certaine, maintenant, de n'avoir rien à redouter de lui.

Il avançait en foulées énormes et il me fallait courir pour demeurer auprès de lui. Nous nous étions éloignés encore un peu plus du chemin et je devais bien m'avouer que nous étions désormais complètement perdus dans la forêt. Mais je lui accordai une entière confiance. Je me répétais qu'il connaissait cet endroit bien mieux que nous et qu'il empruntait un raccourci pour nous mener au plus vite auprès de grand-père. Parfois, il s'arrêtait, humait l'air autour de lui, poussait quelques grognements, puis repartait à grandes enjambées, et j'étais obligée de le supplier :

« Moins vite ! Marche moins vite, je t'en prie, je n'arrive pas à te suivre. »

Il se retournait, m'interrogeait du regard, attendait que je le rejoigne puis repartait de plus belle. Sur son épaule, je voyais Peï cahoter comme sur les bosses d'un chameau. Mais il semblait ravi et, par moments, il me lançait :

« Linh, tu te rends compte ! Nous sommes devenus les copains du Grand Velu ! Personne ne nous croira ! »

Tout à coup, le bois devint plus clair, les arbres plus dispersés. L'homme-singe s'arrêta net. À moins de cent mètres, on pouvait distinguer le toit de notre petite maison. Le géant déposa Peï dans la neige avec précaution. Je trouvai seulement à dire :

« Oh ! Merci, merci. »

Il passa une fois encore sa main rugueuse dans mes cheveux, fit de même à Peï. Puis, sans que nous ayons pu ajouter un mot, il s'enfuit à une allure incroyable sur ses grandes jambes un peu arquées. Nous nous retrouvâmes seuls et Peï demanda :

« Nous n'avons pas rêvé, n'est-ce pas ? C'est vraiment arrivé ? »

Je pris Peï sur mon dos et marchai péniblement vers la maison.

Quand nous fûmes assez proches pour que grand-père entende ma voix, je hurlai :

« Grand-père, viens nous aider ! Peï s'est blessé mais ce n'est pas grave ! »

Il surgit de la maison et vint à notre rencontre. Tout de suite, Peï se mit à crier :

« Nous l'avons vu ! Le Grand Velu. Il m'a porté sur son épaule jusqu'ici. Il était immense ! »

Grand-père devint très pâle et m'interrogea du regard. J'étais si bouleversée que je ne trouvai rien à dire et que je me jetai dans ses bras. Alors, il nous fit rentrer et se mit à répéter sombrement :

« Il ne faudra rien raconter de tout cela, vous m'entendez ? »

Mais allez donc demander à un garçon de l'âge de Peï de garder le secret sur une aventure pareille ! Deux jours plus tard, à l'occasion d'une dispute avec des camarades de classe, il se vantait d'être l'ami du Grand velu ! Bien sûr, ces derniers se moquèrent de lui.

Alors, il n'imagina rien de mieux que d'aller se confier à l'institutrice. Elle me fit appeler et je commençai par nier farouchement. Mais je m'embrouillai dans mes explications et elle devina qu'il y avait un fond de vérité dans les propos de Peï. C'était une très brave femme, mais très bavarde aussi. En quelques heures, toute l'école puis tout le village furent au courant. Ensuite, la nouvelle se propagea comme un feu de paille à travers toute la province…

Bientôt, le village se mit à grouiller de journalistes et de photographes venus de Wuhan, de Tchounking et même de Pékin, la capitale. Comme grand-père refusait de répondre à leurs questions, ils entreprirent le siège de la maison. Ils étaient sur le point de se décourager quand arrivèrent les premiers journalistes occidentaux.

Ils venaient se faire filmer avec leurs micros jusque dans notre jardinet.

Deux d'entre eux, des Américains d'un journal de New York à ce qu'ils prétendirent, vinrent même solliciter grand-père avec l'aide d'un interprète chinois. Au cours de la discussion, l'un des hommes sortit plusieurs billets verts de son portefeuille et proclama :

« Regardez ! Cela fait cinq cents dollars ! De quoi vivre, ici, plusieurs années. »

Grand-père leur claqua la porte au nez et je me sentis très fière de lui. Dans les rares moments de tranquillité, je me risquais à faire quelques pas dehors et, tournée vers les collines proches qu'entourait la chaîne enneigée des montagnes, je suppliais :

« Grand Velu, sauve-toi. Ne reste pas ici. Pars

très loin. Sinon, ils vont te tuer. Ou, pire encore, ils vont te capturer… »

Je ne pouvais imaginer, hélas, que loin, très loin de notre petite maison, des événements s'étaient déjà mis en marche et qu'ils allaient faire passer une véritable tornade dans notre vie…

5

Le pilote tourna la tête et invita son unique passager à venir s'asseoir à son côté. Le professeur Namura s'installa aussitôt sur le siège et scruta l'horizon dans la direction que l'homme lui indiquait du doigt. Parmi l'immense étendue bleue de l'océan Pacifique, on voyait grossir un minuscule point noir.

« Dans quelques minutes, nous atterrirons sur l'île », dit sobrement le pilote.

L'île se dévoila bientôt dans toute sa splendeur. Jamais le distingué professeur japonais Namura n'avait imaginé qu'elle pût être aussi grande ni son relief aussi varié. Entre les collines verdoyantes, on distinguait de grands bassins rectangulaires et de petits lacs près desquels couraient des routes sinueuses. On reconnaissait aussi de nombreux hangars et des parcs entrecoupés de longues clôtures métalliques. L'appareil perdit rapidement de l'altitude et survola une immense plage de sable blanc qui resplendissait au soleil.

« Avec cet appareil, nous n'aurons aucune peine à nous poser, le rassura le pilote. La piste a été construite pour recevoir les plus gros avions du monde. Aux commandes du Boeing 747 personnel du patron, j'ai déjà transporté jusqu'ici des animaux, enfin, des êtres ou des choses à peine concevables. »

Il se tut, comme s'il craignait d'avoir été trop bavard. Ses propos avaient ravivé la curiosité de Namura. Quelle étrange aventure !

Il pensa à la visite qu'il avait reçue à Tokyo, trois jours plus tôt, d'un curieux personnage raide et solennel comme un majordome. L'homme était allé droit au but :

« C'est mon patron, Richard Philby, qui m'a chargé de vous contacter. Vous avez déjà sûrement entendu parler de lui puisqu'il passe pour être l'un des financiers les plus riches du monde. »

Namura n'avait pu retenir un mouvement de surprise. Mais, déjà, son visiteur poursuivait :

« C'est un homme qui a toujours aimé les fortes natures et les esprits originaux. Sachez qu'il s'intéresse depuis longtemps à vos travaux. Il a appris que vous cherchiez à monter une nouvelle expédition pour tenter de capturer le yéti, malgré vos précédents échecs au Népal et en Sibérie. C'est le genre de pari qui lui plaît. Vous comprendrez mieux pourquoi, quand vous aurez eu le privilège de le rencontrer. En tout cas, il est prêt à financer entièrement votre prochaine expédition. En Chine, si nos renseignements sont exacts ? »

Le professeur Namura, terrassé par l'émotion, s'était effondré dans le fauteuil le plus proche. Puis il avait bredouillé : « Ainsi, il y a quelqu'un en ce monde qui ne me prend pas pour un cinglé ? Quelqu'un qui est aussi convaincu que moi de l'existence du yéti ? Si un pareil excentrique existe vraiment, quelle somme est-il prêt à m'accorder pour me permettre de partir une nouvelle fois à la poursuite de l'homme des neiges ? »

Le personnage aux allures de majordome avait alors lancé, d'un air un peu suffisant :

« Monsieur Philby savait que ce serait la première question que vous me poseriez. Il m'a dit qu'il fallait que je vous réponde simplement : une somme illimitée. »

Namura en était resté étourdi un bon moment. Enfin, il s'était risqué à demander :

« Je suppose que cette générosité ne va pas sans un certain nombre de conditions ? »

L'autre s'était contenté de préciser, comme si la curiosité légitime du professeur commençait à l'ennuyer :

« S'il y a des conditions, il vous les exposera lui-même. Préparez vos valises. Une voiture passera vous prendre dès ce soir pour vous conduire à l'aéroport. Votre première escale sera Hawaï. Après, c'est un de nos appareils qui vous amènera à destination. »

Et voilà comment Namura se trouvait précipité dans la plus inattendue des aventures…

Dès que le petit avion se fut posé sur l'île, un comité d'accueil entoura le professeur de mille prévenances. L'homme qui lui avait rendu visite à Tokyo l'attendait au bas de la passerelle et le fit monter dans une somptueuse limousine américaine que conduisait un chauffeur vêtu d'un uniforme aussi chamarré que celui d'un général. Cinq minutes plus tard, la voiture s'arrêtait devant le perron d'un grand bungalow de style colonial.

Comme on l'invitait à en gravir les marches, un détail insolite frappa son attention : de part et d'autre de l'escalier de pierre avaient été aménagées deux petites rampes de béton à demi circulaires et montant en pente douce jusqu'à une immense porte aux lourds battants. Deux pistes pareilles à celles qu'on installe à l'entrée de certains bâtiments publics pour permettre l'accès des voitures pour handicapés.

Bientôt, il se retrouva seul, un rafraîchissement à la main, enfoncé dans un confortable canapé, au milieu d'un salon de dimensions imposantes. Partout sur les murs, des tableaux dignes des musées les plus prestigieux. Namura ajustait ses lunettes rondes sur son nez pour déchiffrer la signature apposée dans le coin de l'une des toiles quand une porte s'ouvrit. Il se dressa pour saluer son hôte mais n'entendit d'abord qu'un imperceptible ronflement. Quelque chose comme le bruit d'une roue de bicyclette sur un sol glissant. Et le puissant, le richissime Richard Philby fit son entrée.

Le Japonais ne put réprimer un sursaut qui n'échappa pas au maître des lieux.

« Eh oui, un infirme ! s'exclama-t-il d'une voix profonde, une voix un peu triste mais pleine d'ironie. Un infirme sur sa chaise roulante ! Aussi, vous me pardonnerez de ne pas me lever pour vous souhaiter la bienvenue. »

Namura s'efforçait de dissimuler son embarras. Il inclina le buste comme on le fait dans son pays puis s'avança la main tendue, à l'occidentale : l'autre la lui saisit avec chaleur. Sans son infirmité, c'eût été un homme d'une magnifique prestance. Ses épaules étaient celles d'un athlète et son visage mince, énergique, au menton volontaire, révélait un caractère indomptable et un don naturel pour l'autorité. Sous ses sourcils épais, ses yeux brûlaient comme deux braises ardentes. Mais ses jambes inertes étaient cachées sous un plaid de laine épaisse. D'un geste impérieux, il invita le professeur à se rasseoir.

« Voilà donc le célèbre professeur Namura, proclama-t-il d'un ton joyeux. L'homme qui donne des

insomnies aux zoologistes du monde entier! L'infatigable chasseur de yéti! L'universitaire qui sait tout de l'aspect, des caractéristiques, des mœurs de l'abominable homme des neiges! »

« Serait-il en train de se moquer de moi? » pensa le Japonais.

Mais ce soupçon s'évanouit dès que l'autre poursuivit:

« Je donnerais ma fortune pour être à votre place! Pouvoir, comme vous le faites, courir à la poursuite de l'être le plus mystérieux de notre planète! Ah, sans ces maudites jambes... »

Il s'interrompit, demeura songeur quelques secondes, puis expliqua:

« J'avais douze ans quand ce malheur est arrivé. Un stupide accident. J'ai su tout de suite que je ne remarcherais jamais. Pendant quelques mois, j'ai perdu jusqu'au goût de vivre. Et un matin, mon père m'a offert le livre qui devait changer le cours de mon existence.

« Quel éblouissement! Mille fois je l'ai relu. Quarante ans plus tard, il reste posé sur ma table de chevet. C'était *Le Monde perdu* de Conan Doyle. Vous connaissez, bien sûr? Quelque part en

Amérique du Sud, sur un haut plateau inaccessible coupé du reste du monde, l'auteur nous décrit une vaste région où errent, en toute liberté, tous ces animaux fantastiques que nous croyons à jamais disparus. Dès ce moment, j'ai su que je consacrerais ma vie à les retrouver.

– Quel rêve magnifique ! murmura le professeur.

– Un rêve ? Je vous montrerai bientôt si c'est un rêve ! En tout cas, depuis ce jour, j'ai décidé que je deviendrais l'un des hommes les plus riches du monde afin de pouvoir assouvir ma passion. Je me suis plongé passionnément dans les études. Penché sur mon bureau, j'ai travaillé jour et nuit. À dix-huit ans, je n'ignorais plus rien des systèmes économiques et des mécanismes financiers. À vingt ans, je commençai à jouer un peu d'argent en Bourse. Bientôt, on me reconnut comme un véritable génie des affaires. Mes oncles, mes tantes, mes cousins, mes amis, mon père lui-même, tout le monde me suppliait d'accepter son argent, avec la certitude que nul mieux que moi ne saurait le faire fructifier. Tout ce que je touchais se transformait en or ! J'amassais des fortunes ! Mais, pendant toutes ces années, je ne pensais qu'au jour où je pourrais enfin me consacrer à ce « monde perdu ». Et, bien plus vite que je ne l'imaginais, ce jour est arrivé… »

Soudain, une lueur traversa le cerveau de Namura. Il se mit à regarder fixement Richard Philby et demanda, d'une voix étranglée par l'émotion :

« Vous n'allez pas me dire que sur votre île…

– Si ! s'écria l'homme, transporté par une vague d'enthousiasme. Et vous, professeur Namura, vous allez voir ce que personne d'autre n'a vu en dehors de moi-même et de quelques collaborateurs dévoués. »

Namura s'était dressé, bouleversé, tremblant d'impatience, prêt à suivre sur-le-champ son interlocuteur. Mais celui-ci avait choisi de le mettre au supplice :

« Ah ! Votre réaction me prouve que vous êtes bien l'homme que j'espérais ! Cher Namura ! C'est assez de fatigue et d'émotion pour vous après deux jours d'un épuisant voyage. Ce soir, contentons-nous de dîner entre amis. Je vous le promets : demain, vous connaîtrez le grand secret… »

6

LE PROFESSEUR ÉTAIT LEVÉ depuis deux bonnes heures et, bouillant d'impatience, il tournait en rond dans sa chambre quand on vint enfin le chercher. Il refusa le copieux petit déjeuner qu'on lui proposa et ne consentit à avaler qu'une tasse de thé, prétextant qu'il n'avait pas de temps à perdre. Quelques coups de Klaxon retentirent alors à l'extérieur et il sortit sur le seuil.

Sur la pelouse, Richard Philby l'attendait, au volant d'une voiture du genre de celles qu'on utilise sur les terrains de golf. Mais elle était plus grande et possédait deux sièges confortables. En s'asseyant auprès de son hôte, Namura constata que celui-ci pouvait accélérer ou freiner grâce à deux manettes disposées près du volant.

Tout de suite, ils prirent la direction d'un ensemble de petits bâtiments de béton disposés en cercle et dont les toits, s'élevant harmonieusement vers le ciel, rappelaient la toile d'un chapiteau de cirque.

À l'approche du véhicule, une porte métallique glissa automatiquement et, quand ils furent à l'intérieur, Namura ne put retenir un cri de surprise. Une odeur âcre de fauve imprégnait les lieux et il distinguait un alignement d'épais barreaux, pareils à ceux d'une ménagerie. À cette heure, la plupart des cages étaient vides.

Mais, de l'une d'elles, montèrent soudain des rugissements. Richard Philby sourit et remarqua :

« Rassurez-vous, professeur, je n'ai pas l'habitude de retenir mes pensionnaires en cage mais, pour celui-ci, c'est l'heure du repas. »

Les griffes plantées dans un quartier de viande, un superbe animal au pelage soyeux tendait ses crocs menaçants vers les deux visiteurs. Le Japonais pâlit, contempla le fauve avec incrédulité puis se rua hors de la voiture et se précipita vers les

TIGRE de TASMANIE
DODO

barreaux derrière lesquels le félin dardait sur lui des prunelles meurtrières.

« Incroyable! s'exclama-t-il...

– Incroyable mais vrai, lança Philby sur un ton de triomphe. Un zoologiste tel que vous ne saurait s'y tromper, n'est-ce pas ? Eh oui, professeur ! Vous avez devant vous Sa Majesté le tigre de Tasmanie que les scientifiques prétendent disparu depuis un bon demi-siècle ! Celui-ci provient d'une région montagneuse et quasiment inexplorée de l'Irian Jaya[6]. Il a fallu trois ans de recherches et quatre expéditions successives pour le capturer. Mais, avouez qu'il en valait la peine ! »

Les bras ballants le long du corps, Namura semblait perdu dans un songe. Enfin, il se tourna vers Richard Philby et s'exclama :

« Quel diable d'homme êtes-vous donc ?

– Allons, revenez vous asseoir, j'ai bien mieux à vous montrer », lui jeta le milliardaire, les yeux pétillants de plaisir.

Ils traversèrent plusieurs autres bâtiments du même type et Namura devint de plus en plus fébri-

6. Province de l'Indonésie, occupant la partie occidentale de la Nouvelle-Guinée.

le, multipliant les exclamations de stupeur puis les cris d'enthousiasme. Son cerveau cherchait en vain une explication rationnelle au prodigieux spectacle qui lui était offert.

Peut-être toute cette aventure n'était-elle qu'un rêve et allait-il bientôt se réveiller ? Quelle affreuse déception ce serait alors ! Il tourna la tête vers Richard Philby et demanda, sur le ton de la plaisanterie mais cachant mal son inquiétude :

« Monsieur Philby, êtes-vous sûr d'exister vraiment ou n'êtes-vous que le fruit de mon imagination ? À moins que je sois mort cette nuit et qu'on m'ait admis au paradis des zoologistes.

– Non, non, dit l'autre en souriant, rassurez-vous, tout ce que vous voyez ici est bien réel. Mais vous devinez aisément quels efforts surhumains il m'a fallu déployer pour rassembler pareille ménagerie ! Croyez-moi, il eût été plus facile de déplacer des montagnes ! Mais le résultat est là, sous vos yeux… »

Tandis qu'ils parlaient, le petit véhicule continuait de rouler très lentement et les cages défilaient, laissant entrevoir leurs fabuleux pensionnaires. Namura avait pu admirer d'abord des centaines d'oiseaux de toutes tailles, certains exhibant des plumages aux couleurs provocantes, d'autres aux nuances raffinées, d'une stupéfiante beauté. Puis ils avaient parcouru la section des singes dont la plupart tendaient vers les deux visiteurs des mines intriguées et des yeux noirs luisant de curiosité. Parfois, Richard Philby jetait un regard discret sur son compagnon qui répétait, au comble du ravissement :

« Impensable ! Il n'y a pas un seul de ces animaux qui n'appartienne à une espèce inconnue ! Vous êtes un magicien ! »

À présent, ils passaient devant des rangées de chauves-souris qui dormaient paisiblement, la tête en bas, dans leur position coutumière. La voiture s'arrêta devant une vaste cage aux barreaux doublés d'une épaisse paroi de verre, et le cœur de Namura se mit aussitôt à cogner encore plus fort dans sa poitrine. L'animal offert à sa vue ressemblait à une roussette[7], mais de dimension impressionnante. Son corps poilu était de la taille des plus

7. Chauve-souris des régions tropicales pouvant atteindre un mètre d'envergure.

grands chiens et quand il lui arrivait de déployer ses ailes, celles-ci devaient lui donner l'allure d'un monstre terrifiant.

« Vous avez devant vous le célèbre kongamato, proclama fièrement Richard Philby. Depuis la fin du 19e siècle, plusieurs générations d'explorateurs et de chasseurs ont tenté de le capturer ou de l'abattre dans une région impénétrable située à la frontière de l'ancien Congo belge et de l'Angola. Plusieurs de ces aventuriers l'ont furtivement aperçu et ont été tellement terrifiés par son envergure gigantesque qu'ils ont cru voir en lui l'ultime survivant des ptérodactyles. Comme vous pouvez le constater, il ne s'agit que d'une chauve-souris géante. J'en ai ressenti une assez vive déception. Mais voilà un mystère de moins. »

Ils sortirent du bâtiment et la voiture s'engagea sur une petite route qui serpentait entre des collines. Ce n'était partout qu'un merveilleux décor champêtre. Mais, par endroits, d'immenses enclos étaient délimités par de hauts poteaux entre lesquels couraient de longues rangées de fils de fer électrifiés. À un détour du chemin, Philby immobilisa le véhicule et lâcha négligemment :

« Professeur, je vous conseille de jeter un coup d'œil sur votre droite. Là-bas, du côté de ces grands arbres... »

Namura s'exécuta et se dressa aussitôt sur son siège, au risque de faire basculer le minuscule véhicule.

« Holà, quel enthousiasme ! Prenez garde quand même de ne pas me faire tomber. N'oubliez pas que je ne suis qu'un malheureux infirme », plaisanta son compagnon.

Mais Namura n'écoutait pas. Comme pétrifié, il murmurait :

« Impossible ! C'est impossible… »

À moins de trente mètres, une créature stupéfiante, une de ces créatures des premiers âges de la Terre, était dressée contre un arbre dont elle savourait lentement le feuillage. C'était une formidable masse de poils, haute de quatre à cinq mètres, une espèce d'ours hirsute et démesuré, donnant l'impression de reposer sur une queue lourde et puissante, un peu à la manière des kangourous. Agrippées à une branche, on remarquait les griffes terribles de ses pattes antérieures, longues et tranchantes comme des faucilles. Mais la grosse tête toute ronde, presque comique de l'animal, et surtout la lenteur extrême de chacun de ses gestes témoignaient de son caractère doux et pacifique. Le premier mouvement de stupeur passé, en le regardant, on était moins saisi de terreur que pris d'une irrésistible envie de rire.

« Vous l'avez reconnu, bien sûr ? interrogea Richard Philby.

– Le mégathère, le fameux paresseux géant ! clama le Japonais. Mais il a disparu d'Amérique du Sud depuis plusieurs milliers d'années !

– C'est ce qu'affirment les ignorants ! D'innombrables indices laissent à penser, au contraire, qu'il survivait encore au moment où les premiers Européens ont posé le pied sur le sol des Amériques. Sinon, comment les Indiens de Patagonie en auraient-ils conservé un souvenir si précis ? Au début de ce siècle encore, certains explorateurs ont trouvé des squelettes sur lesquels subsistaient des lambeaux entiers de peau et de poils. Et, contrairement aux dinosaures ou aux mammouths, aucun bouleversement géologique ou climatique ne pouvait expliquer son extinction complète. »

Philby leva les bras vers le ciel, emporté par sa démonstration:

« La vérité, professeur Namura, c'est que le mégathère a tout simplement été victime de la gloutonnerie des hommes ! Vous imaginez combien pouvait être tentante une telle masse de viande ? C'est en tout cas ce que je me suis dit. Et dans ces conditions, pourquoi n'aurait-il pas survécu dans certaines des régions les plus impénétrables du continent sud-américain ? Là où même les hommes ne s'aventurent pas. J'en ai conclu que s'il existait encore, c'était au plus profond de la jungle amazonienne qu'il fallait le chercher. Et je l'ai trouvé. Mais quelle aventure pour l'amener jusqu'ici ! Je préfère ne pas vous raconter. »

Namura paraissait bouleversé. Il finit par avouer :

« Il serait préférable que vous ne m'en montriez pas trop pour cette première journée, c'est plus que mon esprit n'en pourrait supporter… »

Le milliardaire prit une mine gourmande :

« Je vous comprends, mais j'ai tant d'autres locataires à vous présenter. Tant d'animaux prétendument disparus ou censés n'avoir jamais existé. Tel mon anaconda géant : trente-cinq mètres de long ! Un poids de cinq tonnes. Tous les spécialistes vous affirmeront pourtant qu'on n'en connaît aucun qui dépasse dix mètres. Quelle plaisanterie ! Le célèbre colonel Fawcett jurait en avoir tué un de plus de vingt mètres. »

Il s'interrompit un instant puis reprit :

« Et on possède une photo prise par l'armée brésilienne en 1948. Elle représente les restes d'un reptile si énorme que seules les poitrines et les têtes des soldats apparaissent derrière les anneaux de la bête. Cinq hommes sont réunis pour tenir sa tête et il paraît qu'il n'avait pas fallu moins de cinq cents cartouches de mitrailleuse pour en venir à bout ! Allons, conclut-il brusquement, vous avez raison, nous continuerons cette visite plus tard. Dans mon emportement, j'allais oublier les raisons de votre présence sur cette île. »

Ils prirent aussitôt la direction d'un hangar devant lequel plusieurs hommes en blouse blanche les attendaient. L'un d'eux vint prendre Philby dans ses bras et l'installa avec précaution dans un fauteuil roulant. Le milliardaire se tourna vers le Japonais et s'écria, vibrant d'impatience :

« Hâtez-vous donc de me suivre à l'intérieur. Ceci est mon musée du yéti. Je crois que personne au monde n'a réussi à réunir autant de preuves de son existence. Préparez-vous à connaître l'un des moments les plus exaltants de votre carrière ! »

Se demandant quelle surprise pouvait bien lui réserver encore son hôte, Namura suivit Philby et ses assistants sans dire un mot.

Les murs étaient couverts de photos et il devina que toutes devaient avoir quelque rapport plus ou moins direct avec le yéti. Sur de longues tables métalliques, des centaines de moulages en plâtre, la plupart d'empreintes gigantesques de pieds, étaient alignés sans ordre précis.

En plusieurs endroits, d'autres moulages représentaient des visages aux traits plus ou moins simiesques. Le zoologiste japonais eut peine à cacher une certaine déception. Était-ce là tout ce qu'on avait à lui montrer ?

Cependant, Philby l'entraînait déjà vers une grande cloche de verre sous laquelle on distinguait, reposant sur des espèces de présentoirs à chapeaux, deux objets étranges en forme de casques ou plutôt d'obus et tout couverts de longs poils roux. Namura tressaillit avant même que le milliardaire ait fait soulever la cloche et se soit saisi délicatement de l'un des trophées. D'une voix étranglée, il murmura :

« Les fameux scalps de yéti ! Il n'en existerait pas plus de trois ou quatre dans les monastères du Tibet ! Et je croyais jusqu'à ce jour que personne n'avait jamais réussi à en sortir un seul du pays. J'ai contemplé plus de cent fois les fameuses photos qu'en a prises l'anthropologue Charles Stonor à la lamaserie de Pangbotchi lors de la grande expédition britannique de 1954. Mais je croyais qu'on avait perdu toute trace de ces inestimables reliques…

– C'est que vous aviez compté sans la formidable obstination de Richard Philby », assura celui-ci en posant le scalp entre les mains tremblantes de Namura.

Le Japonais, devenu blême, caressa doucement les poils roux durcis par le temps puis examina l'intérieur du scalp avec dévotion et bredouilla enfin :

« Je crois bien que j'aurais été prêt à sacrifier ma vie pour tenir une chose comme celle-ci entre les mains. Comment pourrai-je jamais vous remercier ?

– C'est ce que je ne vais par tarder à vous expliquer », assura malicieusement le milliardaire en enlevant le scalp des mains de son invité, comme s'il craignait que celui-ci le glissât subrepticement dans sa poche.

Puis, une fois l'objet remis en place sous sa cloche de verre, il demanda à l'un de ses assistants de pousser une lourde porte de fer, qui libéra un courant d'air glacé. L'un des hommes en blouse blanche sortit alors d'une armoire plusieurs parkas et, ainsi équipés, tous entrèrent dans une pièce aux murs nus, où ils furent saisis instantanément par le froid intense qui y régnait. Ils prirent place autour d'une table étroite sur laquelle une grande toile de jute recouvrait entièrement un long objet de forme rectangulaire.

Raide sur son fauteuil roulant, Philby arbora soudain un air cérémonieux pour ordonner au Japonais :

« Venez vous installer près de moi. »

Il se radoucit et poursuivit :

« Cher Namura, vous traquez le yéti depuis des années, n'est-ce pas ? Une multitude de preuves vous ont conforté dans la certitude de son existence. Vous avez observé ses traces fraîches dans la neige, vous avez recueilli d'innombrables témoignages, ramassé ici ou là quelques misérables touffes de poils comme autant d'indices, mais vous ne l'avez jamais vu, même pas son ombre.

– C'est vrai, concéda humblement le zoologiste.

– Alors, regardez ! » s'écria Philby d'une voix tonitruante.

À son invitation, l'un des assistants tira à lui la toile de jute, découvrant ainsi, aux regards de l'assistance, un énorme bloc de glace d'une parfaite transparence. Et, figée à l'intérieur, on reconnaissait sans peine une forme d'apparence humaine mais presque entièrement couverte de longs poils roux. L'être ainsi emprisonné dans la glace était d'une taille prodigieuse et certains détails de son anatomie, tels ses bras, d'une longueur démesurée, la grandeur disproportionnée de ses mains et de ses pieds, la disposition de ses doigts et de ses orteils, et surtout l'aspect de son crâne et de sa mâchoire faisaient penser à un impossible croisement d'homme et de grand singe.

Namura semblait paralysé et, quand il tourna enfin son visage vers lui, Philby crut y lire une terrible accusation muette. Il rassura immédiatement le Japonais :

« Allons, vous pensez bien que je ne suis en rien responsable de sa mort ! Je l'ai acheté, déjà inclus dans son bloc de glace, il y a plus de quinze ans, à un richissime commerçant chinois de Hong Kong. Il prétendait le tenir lui-même de pêcheurs qui l'auraient ramené ainsi dans leurs filets au large des étendues glacées du Kamtchatka. »

Namura ne paraissait même plus écouter. Comme hypnotisé, il demeurait penché au-dessus du bloc de glace. Philby poursuivit quand même :

« Que mon marchand de Hong Kong m'ait raconté la vérité ou pas, ce que je puis vous dire, moi, c'est que mon équipe de scientifiques a examiné cette créature en détail. Et tous sont formels : ni montages, ni trucages. Tel que vous voyez cet être, tel il était au jour de sa mort. Et pour eux, il ne s'agit pas d'un singe. C'est déjà un homme ! Vous m'entendez, Namura, un homme ! »

Mais Namura n'entendait plus rien. Brisé par l'émotion, il pleurait à chaudes larmes...

Il fallut plusieurs heures pour que le zoologiste consentît enfin à sortir de l'espèce d'hébétude dans laquelle cette rencontre l'avait plongé. Ce n'est que le soir, après le repas, qu'il laissa Richard Philby lui exposer ce qu'il attendait de lui.

« C'est une chance unique que je vous offre de capturer le yéti et de laisser votre nom dans l'histoire, mon bon Namura. Selon les témoignages de ces deux enfants, relatés dans la presse chinoise, notre homme des neiges a été aperçu à plusieurs reprises à moins de 1500 mètres d'altitude. Nous voilà loin des 6 à 7000 mètres où il vous a fallu grimper lors de vos deux précédentes tentatives. Je possède de nombreuses usines en Chine et j'obtiendrai sans peine toutes les autorisations nécessaires. Quant à vous, tout ce dont vous estimerez avoir besoin, vous l'aurez ! Ah, si mes jambes n'étaient pas mortes, j'irais moi-même...

– Mais, risqua Namura, imaginons que je parvienne à m'emparer du yéti. C'est, vous le savez bien, l'ambition de ma vie. Cependant, une fois capturé, qu'en ferez-vous ? Vous ne songez quand même pas à l'amener ici ? Il n'y survivrait pas plus de quelques semaines. Auriez-vous déjà aménagé une retraite secrète pour lui quelque part sur les pentes isolées d'un pays voisin du Tibet ? »

Richard Philby prit un air mystérieux et se contenta de répondre avec un grand sourire réconfortant :

« Cela, si vous le voulez bien, j'en fais mon affaire. »

7

On frappa plusieurs coups contre la porte et grand-père se leva de sa chaise en maugréant :

« Je suis sûr que c'est encore un de ces maudits journalistes ! Je croyais pourtant qu'ils finiraient par comprendre. Mais il en vient maintenant de partout. J'en ai vu qui s'aventuraient dans la montagne sans la moindre précaution. Il va finir par y avoir un accident. »

Il ouvrit la porte avec brusquerie et se retrouva nez à nez avec Wou, le maire du village, qui se dandinait d'un pied sur l'autre et paraissait fort embarrassé. Celui-ci finit par s'écarter légèrement et nous vîmes alors un étranger qui s'était tenu jusqu'à présent derrière lui. Wou posa amicalement une main sur l'épaule de grand-père et dit :

« Je te présente le professeur Namura, de Tokyo. Monsieur Namura est le plus grand spécialiste mondial de l'homme des neiges. J'ai reçu ce matin un coup de téléphone d'une haute autorité de Pékin me recommandant de lui apporter toute l'aide dont il pourrait avoir besoin. Dès son arrivée, il a exprimé le désir d'interroger Linh et Peï. »

Craignant sans doute quelque réflexion désobligeante de grand-père, il le poussa doucement à l'intérieur et proclama :

« Monsieur Namura parle parfaitement le chinois. Il n'aura pas besoin d'interprète pour s'entretenir avec les enfants. »

Puis, sans laisser à grand-père le temps de prendre une décision, il nous apostropha :

« Linh ! Peï ! Venez donc saluer monsieur Namura ! Je compte sur vous pour lui raconter absolument tout ce que vous savez. N'omettez aucun détail. Chaque renseignement que vous fournirez peut avoir une importance capitale pour le professeur. »

Ce dernier inclina le buste vers nous à la mode

japonaise, puis vint s'asseoir sans façon sur l'une des chaises disposées autour de la table. Nous fîmes de même tandis qu'il sortait d'une poche un minuscule magnétophone qu'il mit en marche. Négligeant toutes les règles de la politesse, je n'attendis pas sa première question et je lui lançai, de manière fort désagréable :

« Qu'avez-vous l'intention de faire au Grand Velu ? Le tuer ? Le capturer ? Je ne vois pas comment nous pourrions vous aider. Nous l'avons à peine aperçu. »

Mon effronterie ne parut pas déplaire au professeur. Il me regarda gentiment et remarqua avec calme :

« Vous l'avez seulement aperçu ? Ce n'est pas du tout ce qu'a raconté ton petit frère ! Mais je comprends que tu veuilles protéger un ami. Car tu considères désormais le yéti, je veux dire le Grand Velu, comme ton ami, n'est-ce pas ? Ce n'est pas moi qui te le reprocherai. »

Comme je baissais la tête et conservais un air farouche, il se pencha vers moi et ajouta, sur le ton de la confidence :

« Je n'ai pas l'intention de t'obliger à parler si tu

ne le souhaites pas. Sache seulement que je ne veux aucun mal au Grand Velu. Je t'en fais le serment. J'ai déjà passé vingt ans de ma vie à sa recherche. Celui que tu as rencontré est l'un des rares survivants de son espèce. Peut-être même le dernier. Dans dix ans, le yéti aura sans doute disparu de la surface de la Terre. Alors, nous ne saurons jamais qui il était vraiment, comment il vivait, s'il était ou non un cousin éloigné des hommes actuels. C'est une relique vivante, comprends-tu? Une relique sacrée pour toute l'humanité. Je ne veux que le protéger. »

Il donnait l'impression de ne plus parler que pour lui-même et je l'entendis murmurer à voix basse :

« Jamais un yéti n'est resté aussi longtemps à si basse altitude. C'est trop dangereux pour lui de demeurer près des hommes. Il doit y avoir à sa présence ici une raison qui m'échappe. »

Le professeur avait l'air si sincère qu'un brusque élan de sympathie me gagna et, avec beaucoup d'hésitation, je finis par lui conter les circonstances précises de notre rencontre avec le Grand Velu.

Il m'écouta avec une grande attention, notant

parfois un mot ou une phrase sur un petit carnet. Quand j'eus terminé, il se leva, me remercia et sortit aussitôt de la maison en compagnie du maire. Mais, avant de franchir la porte, il me lança :

« Je t'en prie, s'il t'arrivait de le rencontrer, préviens-moi immédiatement. Sinon, quelqu'un finira par l'abattre...

– C'est promis », dis-je, bien résolue à ne pas tenir parole.

Mais j'étais consciente que le professeur avait raison. Il fallait que le Grand Velu quitte au plus vite cette région. Sa vie en dépendait.

Deux longs jours passèrent qui ne firent qu'accroître mes craintes. J'étais persuadée que le professeur Namura ne mentait pas quand il affirmait ne vouloir aucun mal au yéti, comme il l'appelait.

Mais, en attendant, il mettait visiblement en place tous les préparatifs d'une grande expédition. Plusieurs dizaines d'hommes étaient arrivés à bord de lourds camions et avaient construit des baraquements sur une grande surface plane située à moins de cinq cents mètres de notre maison. Au milieu des constructions, ils aménagèrent un petit terrain sur lequel un hélicoptère, puis un deuxième, vinrent se poser.

Je tentai de rôder autour du camp mais, dès qu'ils m'aperçurent, deux hommes marchèrent vers moi en faisant de grands signes et en criant :

« Allons, éloigne-toi. Tu n'as rien à faire ici ! »

De plus en plus angoissée, je rentrai à la maison et je me jetai dans les bras de grand-père. Je lui dis en sanglotant :

« Il faut prévenir le Grand Velu. Il est en grand danger. Ils veulent le capturer. Il faut qu'il parte. Mais comment le lui faire comprendre ? »

Grand-père haussa les épaules en signe d'impuissance. Je le suppliai :

« Laisse-moi aller là-haut. Je sais où le trouver. Je réussirai bien à lui expliquer. »

Grand-père me serra plus fort encore contre lui mais il ajouta à mon chagrin en assurant :

« Non, Linh, c'est beaucoup trop dangereux. Il ne reste plus qu'à laisser faire le destin. »

Je fis mine de me résigner, mais ma décision était déjà prise.

Je ne dormis presque pas de la nuit et il faisait à peine jour quand je me glissai hors de ma couverture. Avec précaution, je réussis à m'habiller et à sortir de la maison sans réveiller personne. Puis je me mis à courir longtemps dans la neige, à en perdre haleine. Le froid était si vif qu'il me coupait le souffle. Mais rien n'aurait pu m'arrêter. Bientôt, j'arrivai à l'endroit où Wei m'avait montré pour la première fois les empreintes de pas du Grand Velu. Puis je m'approchai de la lisière du petit bois où j'étais venue déposer des provisions. Il ne me restait plus qu'à attendre, au risque de geler sur place, dans l'espoir que mon ami l'homme des neiges ne tarderait pas à apparaître. Une bonne heure passa ainsi et je me sentais glacée jusqu'aux os. Une pensée affreuse traversa mon esprit : est-ce que j'allais mourir là, stupidement, pour rien ? Comme pour éloigner le mauvais sort, je répétais :

« Je t'en supplie, Grand Velu, montre-toi ! »

À certains moments, je courais en rond dans la neige puis je sautais pour me réchauffer. Mais je sentais bien que je commençais à m'épuiser. Alors je fermai les yeux et je chuchotai une dernière fois :

« Je t'en prie, montre-toi ! »

Quand je relevai les paupières, il était là. Une montagne de poils roux avançait vers moi.

Le Grand Velu s'arrêta à deux ou trois pas de moi, si terrifiant que je dus rassembler tout mon courage pour lever les yeux vers lui. Et la magie opéra : son regard tendre, débordant de douceur, fit s'envoler instantanément toute crainte de mon cœur. Il contempla mes mains en poussant des grognements plaintifs et je compris qu'il exprimait ainsi sa déception : je ne lui avais amené aucune nourriture.

Je m'exclamai :

« Je suis désolée. Je ne pouvais m'encombrer d'un sac. Il faut que tu partes. Des hommes te veulent du mal. Sauve-toi le plus loin possible d'ici ! »

J'accompagnai ces paroles de larges gestes, poussant mes mains en avant, dans l'espoir insensé qu'il saisirait ainsi ce que je désirais tant lui faire comprendre. Mais il se contenta de porter une de ses mains gigantesques sur son crâne bombé puis de me regarder curieusement, inclinant la tête à gauche puis à droite, visiblement plongé dans la plus totale perplexité. Je pointai le doigt vers les sommets lointains des plus hautes montagnes et je dis à nouveau :

« Il faut que tu partes. Là-haut. Dans les montagnes… »

Il se gratta une fois encore l'extrémité du crâne puis me prit soudain par une main et m'entraîna derrière lui. J'étais tellement surprise que je ne songeai pas à résister. Il fit une enjambée si gigantesque que je basculai aussitôt, le visage en avant, dans la neige. Il me releva avec empressement, conscient de sa maladresse, et ses yeux exprimaient tant d'inquiétude que je tentai de le rassurer :

« Tout va bien, ce n'est rien. Il faut marcher moins vite. Je n'ai que de toutes petites jambes, moi! »

Je jugeai néanmoins plus prudent de plonger mes mains dans les poches de ma parka afin de lui ôter l'envie de recommencer. Instruit par l'expérience, il marchait à présent si lentement que je n'avais vraiment aucun mal à le suivre. À voir ainsi ce colosse trottiner gauchement dans la neige à un rythme de petit chien, je fus bientôt prise d'une irrésistible envie de rire et ma gaieté fut communicative.

Il passa une de ses énormes mains velues autour de mon cou et nous poursuivîmes notre chemin, côte à côte, comme de vieux amis.

Cependant, je me fatiguai très vite. Il s'en aperçut et me hissa sur ses épaules, comme il l'avait fait l'autre fois avec Peï. Il escalada sans peine une longue pente très raide et, quand nous fûmes tout en haut, je poussai un cri d'émerveillement. De mon perchoir improvisé, je pouvais admirer le paysage environnant. C'était un spectacle grandiose. Avait-il conscience de la sauvage beauté de ces lieux ? En cet instant, je voulais le croire de toutes mes forces et, serrant mes mains minuscules autour de son cou puissant, je sentis une vague d'émotion me submerger. Je pensais soudain que, d'une certaine façon, l'être qui me tenait sur ses épaules était un peu notre ancêtre à tous.

Il choisit ce moment pour me reposer sur le sol et je vis, avec effroi, qu'il avait l'intention de nous faire dévaler la pente enneigée qui s'étendait, vertigineuse, devant nous. Je protestai et me mis à trembler de peur. Alors, il s'assit brusquement dans la neige, les jambes bien droites en avant, et m'installa sur ses cuisses larges comme des troncs d'arbre. Puis il m'enserra dans ses bras monstrueux, et je compris que je venais de prendre place sur une luge vivante. Nous commençâmes à glisser sur la neige à une allure terrifiante. Je hurlai d'abord malgré moi mais je finis par admettre que le Grand Velu devait être un habitué de ce genre d'exercice, et je me contentai de fermer les yeux.

Je poussai un soupir de soulagement quand nous fûmes enfin au bas de la pente. Il se dirigea vers un immense rocher à la base duquel on reconnaissait l'entrée d'une caverne. Le cœur battant, je l'y suivis.

D'abord, je ne distinguai rien dans les ténèbres. Puis, mes yeux s'accoutumant à l'obscurité, je finis par discerner dans la pénombre une forme qui se déplaçait lentement et s'approchait de nous.

Comme pour me protéger, le Grand Velu avait refermé ses bras sur moi.

Enfin, le locataire de la caverne fut suffisamment proche pour que je puisse apercevoir ses traits. Je serais incapable de dire si le cri que je poussai alors fut d'horreur ou de stupéfaction ! Mais, tout de suite après, je dus m'évanouir. Car, lorsque je repris conscience, il y avait deux Grands Velus devant moi, et qui avaient l'air très surpris l'un et l'autre de ma réaction.

8

AINSI, LE GRAND VELU ne vivait pas en solitaire. Il avait un compagnon ! Ou plutôt une compagne ! Car il me suffisait d'ouvrir les yeux, si vous voyez ce que je veux dire, pour constater que je me trouvais en présence de monsieur et madame Grands Velus. Lui poussait des grognements si explicites que je compris qu'il était en train de faire les présentations. Elle, se penchant vers moi pour mieux me contempler, paraissait sidérée qu'il pût exister des créatures aussi étranges. Elle tendit vers mon visage un doigt énorme, tout poilu sur le dessus, et caressa craintivement mon front puis mes joues. Elle donnait l'impression d'être tout à la fois terrifiée et follement intriguée. J'esquissai un geste et elle recula, apeurée. Alors, je me tins parfaitement immobile. Après un moment d'hésitation, sa curiosité l'emporta à nouveau et elle posa sa main sur mes cheveux. Je me gardai bien de faire le moindre mouvement et elle finit par admettre que j'étais tout à fait inoffensive.

Au bout d'une vingtaine de minutes, nous étions devenues les meilleures amies du monde. Elle partit vers un sombre recoin de la grotte et revint en tenant triomphalement par la queue un petit rongeur, une sorte de petit rat mort depuis longtemps qu'elle fit mine de porter à mes lèvres. Je le pris dans les mains et le déposai aussitôt près de moi avec un frémissement de dégoût. Elle parut très étonnée par mon manque d'appétit et ramassa la bestiole, qu'elle entreprit de dévorer à belles dents.

Autour de moi, une multitude de petits os témoignaient que les Grands Velus ne se nourrissaient pas seulement de racines et de plantes. Pendant quelques minutes, cette découverte m'inspira un vive inquiétude : après tout, je n'étais peut-être à leurs yeux qu'une formidable réserve de viande ! N'étais-je pas destinée à finir dans leur garde-manger ? Mais, chaque fois que l'un ou l'autre jetait vers moi un regard, je pouvais y lire tant de douceur et de gentillesse que j'écartai bien vite ces pensées coupables de mon esprit. J'aurais fini par me sentir tout à fait à l'aise sans la puanteur effroyable qui régnait dans la caverne.

Rien n'indiquait qu'ils aient la moindre connaissance du feu et je me représentai quelle existence précaire et sans cesse menacée ils devaient mener dans ces solitudes désolées. Je les imaginai blottis l'un contre l'autre, au fond de cette grotte, dans le froid terrible de la nuit, et mon cœur se serra. Je regrettais de ne pas avoir emmené avec moi un briquet. Je leur aurais montré tout le bonheur que peut apporter une simple flamme brillant dans l'obscurité. Ils auraient vite appris à se chauffer, à faire cuire leurs aliments. Mais, très vite, je me reprochai ma stupidité : je n'aurais sans doute réussi qu'à leur créer une frayeur épouvantable.

Tout à coup, de faibles cris s'élevèrent, provenant d'une anfractuosité de la caverne. C'était une sorte de vagissement qui rappelait les plaintes d'un tout petit enfant. Aussitôt, la compagne du Grand

Velu se leva et se précipita vers l'endroit d'où provenaient ces espèces de pleurs. Et quand je la vis revenir, le regard humide de tendresse, tout s'éclaira soudain pour moi ! Je savais maintenant pourquoi ces deux êtres s'étaient attardés si près de notre village, dans des lieux si dangereux pour eux !

Elle tenait dans ses bras, de manière très maternelle, un bébé à peine plus grand qu'un nourrisson humain et dont le corps n'était couvert que d'un léger duvet de poils roux. Elle lui tendit une de ses mamelles, qu'il se mit à sucer avec gloutonnerie. Et je repensai soudain aux paroles de grand-père quand il m'avait raconté la mise à mort du Grand Velu, à l'époque où il était enfant :

« Ah, ma petite Linh, c'était un regard d'être humain, un regard d'homme. »

Cependant, je ne tardai pas à sentir, à certains signes de nervosité de la maman, que ma présence était désormais indésirable.

Dès lors qu'elle était en train de nourrir son petit, un instinct venu du fond des âges la poussait à considérer tout étranger comme une menace potentielle. Elle risquait de devenir rapidement menaçante. Sans prononcer un mot, je reculai à pas très lents jusqu'à l'orifice de la caverne et le Grand Velu me suivit en silence. Au dehors, le froid me fit grelotter et je remis la capuche de ma parka sur la tête. Je me sentais tout à coup désemparée et, levant des yeux inquiets vers mon ami, je dis, suppliante :

« Je serais bien incapable de rentrer toute seule au village ! Je ne sais pas du tout où nous sommes. Tu vas me raccompagner, n'est-ce pas ? »

Il semblait chercher le sens de mes propos. Alors, je pris résolument l'initiative. Je saisis sa main de géant et m'efforçai de l'entraîner derrière moi. Puis la boule d'angoisse qui me nouait la gorge disparut brusquement. Je venais d'apercevoir, dans la neige, les traces de pas que nous avions laissées en venant jusqu'ici. Il me suffisait de remonter cette piste providentielle pour regagner le village. À condition, bien sûr, que le vent ne l'ait pas dispersée par endroits. Mais je savais qu'à d'aussi basses températures, les empreintes durcissent très vite et restent souvent visibles pendant plusieurs jours.

Alors, sans attendre que le Grand Velu se décidât à m'accompagner ou non, je me mis en chemin. Je fis ainsi deux ou trois cents mètres puis je me retournai. Avec soulagement, je constatai que mon ami avait commencé à me suivre. Bientôt, il me rattrapa et me prit par la main comme un vieux copain. Nous marchâmes longtemps à travers des paysages magnifiques. Il n'y avait pas un nuage dans le ciel. Il nous suffisait de remonter tranquillement la piste que nos pas avaient creusée à l'aller dans la neige. Pour passer le temps, je parlais sans répit, sachant pourtant que mon compagnon ne comprenait sans doute pas un mot de ce que je lui racontais.

Nous devions être à mi-chemin du village quand le Grand Velu s'arrêta brusquement et leva les yeux vers le ciel comme s'il sentait la présence d'un danger invisible rodant au-dessus de nous. Je scrutai le sommet des montagnes mais ne distinguai rien d'inquiétant. Pourtant, quand je voulus continuer à avancer, mon ami refusa obstinément de faire un pas de plus.

« Eh bien, dis-je, tu as raison. Il est plus prudent que je te quitte ici. Je reconnais maintenant la route pour rentrer à la maison. »

C'est alors que j'entendis un léger vrombissement. Un bruit étrange mais de plus en plus perceptible. Un point noir, puis un deuxième, apparurent au loin dans le ciel. Mais ils grossissaient et se rapprochaient à toute vitesse. Enfin, je sus de quoi il s'agissait.

« Des hélicoptères, ce sont des hélicoptères ! »

Je me retournai, haletante, vers le Grand Velu et je hurlai :

« Sauve-toi ! C'est toi qu'ils cherchent ! »

En même temps, un grand désespoir m'étreignit. Je venais de comprendre que les hommes à bord des deux appareils n'avaient eu qu'à suivre nos empreintes de pas dans la neige.

Le Grand Velu fuyait en enjambées immenses et, un instant, je crus qu'il allait réussir à leur échapper. Mais les hélicoptères passèrent avec un grondement formidable puis se mirent à tourner au-dessus de lui comme des oiseaux de proie. Je le vis tendre ses bras puissants en leur direction, comme pour les affronter. Les hélicoptères descendaient de plus en plus bas, dans un vacarme terrifiant. Et, tout à coup, le Grand Velu se mit à tourner sur lui-même, puis il s'effondra, inerte, dans la neige.

Un hélicoptère se posa à moins d'une vingtaine de mètres du corps immobile et je reconnus Namura qui en descendait, un fusil à la main.

Je me mis à courir vers lui comme une furie, animée par un rage démentielle. Quand il fut à ma portée, je bondis sur lui et me mis à cogner à grands coups de poing sur sa poitrine. Je répétais en pleurant :

« Vous l'avez tué ! Vous l'avez tué ! »

Namura ne semblait même pas sentir les coups et son visage débordait de félicité. Enfin, quand je fus épuisée de le frapper, il dit calmement :

« Mais non, je ne l'ai pas tué. Regarde, c'est un fusil tout à fait inoffensif. Il tire des seringues hypodermiques. Ton ami le yéti va seulement dormir quelques heures. »

Déjà, plusieurs hommes unissaient leurs forces pour hisser le corps gigantesque à bord d'un des appareils. Je les entendais gémir et souffler tant leur tâche était pénible. Namura alla vers eux et recommanda :

« Surtout, maniez-le avec la plus extrême précaution. »

Il avait la voix étranglée par l'émotion et je crus

qu'il allait s'évanouir comme je l'avais fait tout à l'heure dans la caverne. Mais il se ressaisit et il revint vers moi en affirmant :

« C'est le plus beau jour de ma vie. »

Quant à moi, brisée par le chagrin, je regardais le corps du Grand Velu disparaître dans la cabine de l'hélicoptère et je me répétais que j'étais la cause de son malheur. Je fixai le professeur Namura droit dans les yeux et je lui dis très distinctement :

« Je vous hais ! Vous êtes un homme méchant ! »

Il se montra bien plus peiné par cette réflexion que je 1'avais imaginé et s'efforça de me consoler :

« Plus tard, tu comprendras. Nous allons en prendre le plus grand soin. Nous pourrons veiller sur sa vie en permanence, alors qu'ici, il aurait péri rapidement d'une façon ou d'une autre. Allons, monte auprès de moi dans l'autre hélicoptère. Nous allons rentrer ensemble. J'aimerais tant que tu me racontes comment vous êtes devenus des amis. »

Je n'avais aucune envie de raconter quoi que ce soit à cet horrible professeur. Mais je montai quand même auprès de lui, pensant que c'était l'unique manière de savoir ce qu'allait devenir le Grand

Velu. Il ne nous fallut que quelques minutes de vol pour atteindre le camp situé à proximité de la maison de grand-père.

Alors que l'hélicopère se posait, je dis au professeur Namura :

« C'est un crime que vous allez commettre car le Grand Velu n'était pas seul. Vous avez prétendu l'autre jour qu'il était peut-être le dernier représentant de son espèce. Je sais à présent que ce n'est pas vrai. »

Le professeur devint livide. Il posa sur moi un regard angoissé et demanda :

« Par pitié, qu'est-ce que tu veux dire ?

– Je veux dire que le Grand Velu a une femme. Et aussi un enfant. Un tout petit bébé. Sans lui, ils vont mourir. En tout cas, le bébé mourra. Et ce sera de votre faute. Si l'espèce disparaît, ce sera à cause de vous. »

Les pales de l'hélicopère s'étaient immobilisées. J'ouvris la porte et je sautai hors de l'appareil. Namura hurla :

« Attends, petite ! je t'en prie, il faut que tu me dises où ils sont. Tu dois me conduire là-bas. »

Je lui jetai un regard de défi :

« Toute seule, je serais incapable d'y retourner. Le Grand Velu seul le peut. Mais il est votre prisonnier. D'ici à quelques jours, la femelle et le bébé seront morts. Je vous plains de tout mon cœur, professeur Namura. »

Il poussa un sourd gémissement et je m'enfuis à toutes jambes vers la maison...

9

Il était très tôt le lendemain quand le professeur Namura passa à la maison. Grand-père essaya bien de lui faire comprendre qu'il n'était pas le bienvenu, mais le Japonais insista. Il répétait en se tordant les mains :

« Je vous en prie, laissez-moi parler à votre petite-fille. J'ai vraiment besoin de son aide. »

Grand-père finit par céder et par le laisser entrer. Dès que je l'aperçus, je lui lançai :

« Allez-vous-en, je ne veux plus jamais vous voir ! »

Namura affichait un air de chien battu. Il paraissait ne pas avoir dormi de la nuit. Il m'aborda, les yeux baissés, comme s'il se sentait gravement coupable à mon égard, et il me demanda :

« Ma petite Linh – c'est bien ton nom, n'est-ce pas ? – accepterais-tu de me suivre jusqu'au campement ? Il y a là-bas une personne à qui je désirerais te présenter. Je souhaiterais que tu lui répètes ce que tu m'as dit hier, juste avant de t'enfuir. C'est très important. Essaie de te souvenir des plus infimes détails de ta rencontre avec la femelle du yéti. Parle-lui du bébé. Car cette personne est persuadée que tu as tout inventé. Si tu es très convaincante, elle finira peut-être par te croire. »

Je lui répondis avec vivacité :

« Et qu'est-ce que cela peut bien me faire que cette personne me croie ou non ? »

Namura hésita et je vis trembler son menton. Enfin, il murmura :

« C'est que, vois-tu, je pense que si tu as dit la vérité, il est de notre devoir de relâcher le yéti. Mais cette personne, Richard Philby, qui a monté toute cette expédition, prétend que tu as seulement voulu jeter le trouble dans mon esprit. »

Le professeur n'eut pas besoin de poursuivre ses explications.

J'affirmai aussitôt :

« C'est bon, monsieur Namura, je vous suis. Mais si vous m'avez menti une fois de plus, je vous considérerai à jamais comme le plus méchant des hommes. »

Moins d'un quart d'heure plus tard, nous étions au campement.

Namura me fit entrer tout de suite dans une vaste baraque de planches dont l'intérieur était occupé par plusieurs chaises et une table de bois sur laquelle de grandes cartes géographiques étaient posées en désordre. Un personnage vint à notre rencontre et je ne pus retenir un mouvement de surprise. Car l'homme qui me dévisageait était un infirme assis dans un fauteuil roulant. Il jeta sur moi une série de regards soupçonneux, puis s'adressa avec impatience au professeur dans une langue que je ne comprenais pas mais que je devinais être de l'anglais.

Namura parut s'efforcer de le calmer, puis il se tourna vers moi :

« Vas-y, jeune fille. Raconte-nous tout ce que tu as vu. Surtout, n'oublie rien. Je vais me charger de traduire. »

Je me lançai alors dans un récit imagé des brefs moments passés dans la caverne avec le Grand Velu et sa famille . Des moments qui resteraient, je le savais bien, les plus extraordinaires de mon existence, même si je devais vivre cent ans. Namura paraissait captivé par mes propos. Parfois, il m'interrompait d'un geste et traduisait à l'intention de l'homme au fauteuil roulant, dont le visage devenait de plus en plus sombre et fermé.

Quand j'eus terminé, le professeur parla longtemps encore.

Il tentait visiblement d'obtenir une décision de l'infirme. Mais ce fut sans succès : ce dernier fit brusquement pivoter son fauteuil roulant et nous tourna le dos, nous signifiant ainsi qu'il ne voulait pas en entendre davantage.

Namura me fit un signe de la main qui marquait un profond découragement. Je compris que notre démarche commune n'avait servi à rien et je me précipitai au dehors en pleurant. Le Japonais sortit derrière moi et me rattrapa. Je me retournai pour lui lancer d'un ton méprisant :

« Maintenant, cet affreux personnage va emmener le Grand Velu, n'est-ce pas ? Je suis sûre qu'il n'a aucune chance de survivre en captivité. Quant à sa compagne et à son petit, ils seront morts d'ici à quelques jours. Mais, bien sûr, tout cela vous importe peu, professeur Namura… »

Il me retint par une manche de ma parka et gronda d'une voix rauque :

« Non, non, je ne le permettrai pas ! »

Étonnée par la soudaine résolution qui illuminait son regard, je lui demandai :

« Et que pouvez-vous faire désormais pour que les choses ne se passent pas ainsi ? »

Il se contenta de hausser les épaules et avoua :

« Je ne sais pas. Ou plutôt, je ne sais pas encore. Car je peux te promettre que je ne le laisserai pas emporter le yéti. De toute façon, pareil transfert ne sera pas une mince affaire. Monsieur Philby possède une fortune immense et dispose de nombreuses complicités. Mais il ne lui sera pas facile de faire sortir secrètement de Chine un personnage aussi encombrant que ton ami. »

Mise en confiance, j'interrogeai :

« Mais, dites-moi, que veut-il faire du yéti ? Le vendre ? L'exhiber dans un cirque ? Se livrer sur lui à d'horribles expériences ?

– Non, il préférerait perdre toute sa fortune et la vie même, sans doute, plutôt que de faire le moindre mal au yéti, me rassura Namura. Richard Philby n'est pas un homme méchant. C'est tout simplement un collectionneur incorrigible…

– Un collectionneur ? Que voulez-vous dire ? »

Namura s'arrêta et me contempla, comme s'il craignait que je le prenne pour un fou. Puis il tenta d'expliquer :

« Oui, c'est pourtant le seul mot qui convienne : un collectionneur. Un collectionneur de monstres. Un collectionneur d'animaux étranges ou qu'on croit depuis longtemps disparus. Il veut ajouter le yéti à sa collection. Il le veut pour lui seul. »

Je m'insurgeai :

« Mais le Grand Velu n'est pas un animal ! Il appartient à une espèce d'hommes très différente de la nôtre et beaucoup plus ancienne, mais c'est un être humain.

– Cela ne fait plus aucun doute pour moi », proclama le professeur.

Il ajouta :

« Et Richard Philby le sait bien, lui aussi. C'est pourquoi ton histoire de femelle et de bébé yéti l'a plongé dans un tel émoi. Il est tout aussi désorienté que moi. Sa conscience le torture. Mais, en lui, le collectionneur reste hélas le plus fort. »

Sentant que le Japonais était désormais pour moi un allié, j'élevai la voix :

« Monsieur Namura, pourquoi n'allez-vous pas libérer le Grand Velu de votre propre initiative ? Qui peut vous en empêcher ?

– Mais Philby a pris ses précautions ! Deux hommes armés montent la garde nuit et jour devant la petite maison isolée que tu peux apercevoir là-bas, un peu à l'écart du campement. C'est là que se trouve ton ami, enfermé dans une cage aux solides barreaux d'acier… »

Je faillis suffoquer d'indignation :

« Le Grand Velu ? Vous l'avez mis dans une cage pendant son sommeil, comme une bête féroce ? »

Le professeur inclina la tête, tel un élève pris en faute.

« Hélas, oui, c'est ce que nous avons fait. À présent, j'en ai tellement honte… »

Il se ressaisit et un éclair de malice traversa ses pupilles. Il affirma tout à coup :

« Ton grand-père est à la maison ? Le maire m'a

assuré qu'il possédait un énorme prestige auprès des villageois.

– C'est certain, dis-je fièrement. C'est un des derniers survivants de la Longue Marche.

– Alors, proclama Namura, va le prévenir que je désire lui parler au plus vite... »

Il s'était écoulé moins d'une demi-heure quand le Japonais s'arrêta devant la maison au volant d'une Jeep. Grand-père sortit à sa rencontre et je les vis discuter longuement, à voix basse, comme des comploteurs. Puis grand-père s'installa à côté de Namura dans le véhicule qui prit la route du village à une allure folle. Un peu plus tard, le professeur revint seul du hameau à bord de la voiture et regagna son campement, non sans m'avoir adressé de loin un grand salut complice de la main.

J'étais de plus en plus intriguée. Je devinais que des événements importants se préparaient et j'étais furieuse que Namura et grand-père aient décidé de m'en tenir à l'écart. Brûlant de curiosité et d'impatience, je ne cessais de tourner autour de la maison. Mais une bonne partie de la journée se passa ainsi, dans une vaine attente.

J'étais tout à fait découragée, quand, vers la fin

de l'après-midi, une sorte de bourdonnement lointain se fit entendre. Je tendis l'oreille et mon cœur se mit à battre.

Non, je ne me trompais pas ! Des clameurs, de plus en plus fortes, montaient du village. Je pouvais les percevoir plus distinctement à chaque minute. Et, brusquement, un long cortège surgit du chemin. En tête, marchait grand-père, visiblement épuisé mais souriant. Derrière lui, je crois bien qu'il y avait presque tous les habitants du village. Plusieurs centaines d'hommes, de femmes, d'adolescents et d'enfants qui tapaient des mains en cadence. Au-dessus de cette foule, des banderoles se balançaient, couvertes d'inscriptions en gros caractères noirs. Elles proclamaient :

« LE GRAND VELU APPARTIENT À LA CHINE,

RENDEZ-NOUS LE GRAND VELU ! »

ou encore :

« NUL N'A LE DROIT D'EMMENER LE GRAND VELU HORS DE NOTRE PAYS ! »

Tout ce monde donnait une impression de force irrésistible et se mit à couler comme un fleuve aux flots puissants en direction du campement dont les occupants, surpris, avaient cessé toute activité.

Quand le cortège ne fut plus qu'à quelques dizaines de mètres des premières baraquements, les villageois s'arrêtèrent paisiblement.

Mais, sur leurs lèvres, le même slogan revenait interminablement, lancé d'abord par grand-père et repris par tous les autres :

« LIBÉREZ LE GRAND VELU ! »

Je me dépêchai de rejoindre les manifestants et, quand je fus parmi eux, je me mis, moi aussi, à crier à pleins poumons. J'étais ravie de la tournure prise par les événements mais je me doutais bien que le richissime Richard Philby devait être beaucoup moins heureux.

Bientôt, il sortit d'une des baraques et un murmure d'étonnement parcourut la foule quand on le vit s'avancer sur son fauteuil roulant.

Puis des huées montèrent en sa direction, mais il ne montrait aucune crainte. Il continua d'approcher sans se soucier des cris hostiles et je ne pus m'empêcher d'admirer son courage. Il s'immobilisa à quelques mètres seulement de la première ligne formée par les villageois et prononça à voix forte deux ou trois phrases en anglais. L'un de ses assistants l'avait suivi et commença à traduire :

« On vous a trompés ! Il n'y a jamais eu d'homme des neiges ici… »

La foule marqua une certaine hésitation. Alors, je clamai :

« C'est un mensonge ! Le Grand Velu est retenu dans ce camp. Croyez-moi, je le sais ! J'étais avec le Grand Velu quand ils l'ont capturé. »

Des oh ! et des ah ! de stupeur s'élevèrent de toutes parts. Un grand cercle se forma autour de moi. Beaucoup hésitaient à me croire. Heureusement, grand-père vint à mon secours et affirma :

« Vous me connaissez tous ! Vous savez que je suis un homme de parole. Eh bien, je peux assurer que Linh dit la vérité ! »

Dès ce moment, je sus que j'avais gagné la partie. Et Richard Philby le sentit bien, lui aussi, car il accomplit un demi-tour sur sa chaise roulante et s'éloigna lentement, sans ajouter un mot. Tout de suite, les cris reprirent de plus belle :

« LIBÉREZ LE GRAND VELU ! »

La nuit commençait à tomber quand un détachement de soldats arriva, mené par un officier et accompagné du maire, qui nous invita à nous disperser. Il semblait très ennuyé et répétait :

« Allons, rentrez chez vous ! Je vous promets que les soldats empêcheront tout départ du camp avant qu'une enquête ait été faite ! Si un Grand Velu a été capturé, les étrangers devront le remettre aux autorités. »

Les villageois grommelèrent un peu puis finirent par obéir.

Grand-père et moi ne savions quelle attitude adopter, mais nous aperçûmes soudain Namura qui marchait vers nous. Il s'adressa à grand-père :

« Me permettez-vous d'emmener votre petite-fille ? Monsieur Philby souhaite lui dire quelques mots… »

Après une brève hésitation, grand-père fit un signe affirmatif de la tête et je suivis le professeur. Quelques instants plus tard, nous étions dans la salle où le milliardaire m'avait déjà reçue. Je m'attendais à trouver un homme furieux et décidé à m'accabler de reproches. Mais il m'accueillit d'une voix douce et il paraissait tout à fait apaisé. Il parla longtemps, sans jamais élever le ton, et Namura traduisait fidèlement :

« Tu vois, jeune fille, ton sens de l'amitié a été plus puissant que toute la fortune de l'un des hommes les plus riches du monde. C'est une grande leçon à retenir.

– Est-ce que cela signifie que vous allez libérer le Grand Velu ?

– Eh ! Comment pourrais-je faire autrement maintenant ? Tu m'as mis dans une situation bien embarrassante. Mais je vais te faire un aveu : dès ce matin, j'avais déjà admis qu'il n'existait pas d'autre choix. Cependant, je ne pouvais m'y résoudre encore. Si tu savais quel paradis j'avais aménagé pour ton ami ! J'avais tout prévu, sauf que notre yéti serait père de famille ! Je n'avais pas le droit de le séparer à jamais des siens. »

Richard Philby sortit une clé de sa poche et me la tendit en murmurant quelques mots. Je la saisis et Namura confirma ce que j'avais déjà compris :

« Il dit que c'est à toi seule d'ouvrir la porte de sa cage. »

Ivre de joie, je courus vers la maison que m'avait indiquée tout à l'heure le professeur. Une nuit épaisse régnait à présent sur le camp. Je pénétrai dans une grande pièce discrètement éclairée. La cage était au milieu et, à travers les barreaux, je reconnus le corps gigantesque du Grand Velu. Il était parfaitement éveillé et mordait à pleines dents dans un énorme quartier de viande. Éparpillés autour de lui, d'innombrables débris de fruits et de légumes témoignaient que ses mésaventures ne lui avaient pas fait perdre l'appétit.

Quand il me vit, il poussa un grognement formidable et ses yeux pétillèrent de plaisir. Il tendit une main velue à travers les barreaux et je la serrai affectueusement. J'étais si tremblante d'émotion que j'eus bien du mal à introduire la clé dans la serrure puis à la faire tourner. Enfin, j'ouvris la porte et il hésita un long moment avant de se risquer au dehors. Mais, quand il admit enfin que je venais de lui rendre la liberté, il se mit à applaudir frénétiquement et provoqua ainsi un tel vacarme que je m'écriai :

« Sauve-toi très vite, je t'en prie ! J'ai tellement peur que ce monsieur Philby change d'avis… »

Sur une table, divers aliments avaient été préparés pour un prochain repas du Grand Velu. Je pris une moitié de porcelet grillé et la lui tendis :

« Tiens, emmène ça ! Tu expliqueras à ta compagne que c'est un cadeau de Linh, pour elle. Elle doit avoir très faim. »

Il jeta le demi-porcelet sur son épaule et me caressa lentement les cheveux. Je fondis en larmes. La porte de la maison était restée ouverte et je me glissai au dehors, dans la nuit, l'invitant à m'imiter :

« Allons, Grand Velu, il faut partir. Surtout, ne reviens jamais. »

Il fit un bond prodigieux, se retourna une dernière fois, les yeux débordant de tendresse. Puis je ne distinguai plus qu'une forme immense qui courait et disparut bientôt dans la nuit. Je criai :

« Adieu, Grand Velu, adieu. »

Quand je me retournai, je discernai deux ombres, à moins de vingt mètres, dans la pénombre. En m'approchant, je reconnus Richard Philby sur son fauteuil roulant et le professeur qui se tenait derrière lui. Namura s'excusa :

« Nous n'avons pas résisté au désir de l'entrevoir une dernière fois. »

Il ajouta :

« Sur la route, ton grand-père m'a raconté que ton papa était ouvrier à Shanghai. J'en ai parlé à monsieur Philby. Il possède une grande usine là-bas. Il se propose d'y embaucher ton père. Il entend faire en sorte aussi que ton petit frère et toi, vous puissiez le rejoindre là-bas. Je crois qu'il est soucieux de ne pas te laisser un trop mauvais souvenir de son passage ici. »

Au comble du bonheur, je m'exclamai :

« Voulez-vous dire à monsieur Philby que je le remercie du fond du cœur et que, chaque fois que je songerai à mon ami le Grand Velu, j'aurai en même temps une pensée pour lui ? »

Namura esquissa un sourire malicieux :

« Le Grand Velu ? Quel Grand Velu ? Nous ne l'avons jamais aperçu ! Il n'existe pas. Telle sera, du moins, notre version officielle à partir de demain matin. »

À ce moment, un long cri retentit, au loin, dans la nuit.

Et je remarquai :

« Cher monsieur Namura, je crois bien que celui qui n'existe pas vient de nous dire au revoir, à sa façon. »